（彩 图 版）

张国龙·著

# 银杏路上的白果

重庆出版集团 重庆出版社

## 图书在版编目（CIP）数据

银杏路上的白果（彩图版）/ 张国龙著. — 重庆 :重庆出版社, 2016.10（2018.8重印）

ISBN 978-7-229-11583-8

Ⅰ. ①银… Ⅱ. ①张… Ⅲ. ①长篇小说 – 中国 – 当代 Ⅳ. ①I247.5

中国版本图书馆CIP数据核字(2016)第225386号

## 银杏路上的白果（彩图版）
### YINXING LU SHANGDE BAIGUO（CAITUBAN）

张国龙 著

丛书策划：郭玉洁

责任编辑：郭玉洁 李云伟

责任校对：刘小燕

封面设计：益辰设计

插 图：王 怡

重庆出版集团 出版
重庆出版社

重庆市南岸区南滨路162号1幢 邮政编码：400061 http://www.cqph.com

三河市南阳印刷有限公司印刷

重庆出版集团图书发行有限公司发行

E-MAIL:fxchu@cqph.com 邮购电话：023-61520646

全国新华书店经销

开本：710mm×1000mm 1/16 印张：11.5字数：120千

2018年8月第1版第3次印刷

ISBN 978-7-229-11583-8

定价：39.80元

如有印装质量问题，请向本集团图书发行有限公司调换：023-61520678

# 目　录

# 第一章　陪爸爸相亲

# 1

下午放学半个多小时了，白果和苗苗还在银杏路上溜达。她们是同桌兼密友，都居住在银杏路附近。银杏路宽阔、笔直，势如破竹，直抵更为喧嚣的B城中心。

现在是下班高峰期，各种车辆将银杏路堵塞得呼吸不畅。多亏有善解人意的夕阳，微笑着将各种噪音和浮尘染上了温柔的橘红。秋意正浓，秋色密密匝匝包裹了高大的银杏树。银杏树们排着整齐的队列，摇曳着辉煌的明黄，似追随着马路奔跑，声势浩大。

不管是车水马龙，还是银杏树婆娑的美丽，白果和苗苗似乎都熟视无睹。她们穿着校服背着书包肩并肩手挽手窃窃私语，旁若无人。从初一到高二，每天放学回家，她们都会在银杏路上磨蹭，风雨无阻。银杏路和银杏树们目睹她们解散了羊角辫，似乎一夜之间长发飞扬亭亭玉立。

"要不是被我老爸气的，我这次月考肯定不至于又考砸了。"苗苗义愤填膺，满面悲怆。

"你别什么不如意都怪罪你爸爸啊。'外因是条件，内因才是关键'

呢。你看彭丹婷，她爸爸淋巴癌晚期了，每天都得跑肿瘤医院，照样全年级第三。你看我，我爸爸从不惹我生气，还不是照样又考砸了。"白果和颜悦色，全然没把考试当回事儿，好像考得好还是不好都不要紧。

"怎么不是他的责任？要是他不着急结什么婚，要是他像你爸爸那样独自和你一起生活，我还会学不好？我身上的零件又不比别人少什么，怎么会学不好？可是，我妈妈去世才半年，用我姥姥的话说'尸骨未寒'，他竟然就结婚了。结婚就结婚吧，居然还搬到那女的家里去住了。姥姥说我真可怜，在短短半年时间内就成了孤儿。我哪有心思学习？我一想起他就牙根儿痒痒……"苗苗手舞足蹈，咬牙切齿，目眦欲裂。

"瞧你那火暴脾气，又跟自己过不去了？你确实啥都不缺，只是少根筋儿呗。"白果拽了拽苗苗猛挥的手，停靠在一棵粗壮的银杏树上，笑嘻嘻。

　　"我就是少根筋儿，我眼里可揉不得沙子，我可没你那样的好心态。天塌下来你都不管不顾，我说你干脆出家算了，没心没肺的！"苗苗忍俊不禁。

　　"好好好，就算我没心没肺吧。你今天心情不好，我不和你吵。但你想想，我们初中就学了法律呢，婚姻自由，你懂得的。婚姻法没规定你妈妈去世才半年，你爸爸就不能结婚吧？再说了，你爸爸能不搬走吗？你和你姥姥会允许那个女的进你们家？你们俩儿不把她煮着吃了，算她命大……呵呵呵呵……"白果扶着树干笑得直不起腰。

　　"真是没心没肺啊，人家正难过呢你还笑得出来。我怎么会有你这样的朋友啊？！"苗苗痛心疾首，扭过身假装生气。

　　"你呀你，什么都喜欢较真儿，认死理儿，自己和自己过不去，难怪你要长青春痘啊。生理卫生课上老师讲过，情绪不稳定，内分泌就会失调，体内的毒素堆积，皮肤就长疙瘩呀。不和你调侃了，说正经的吧，你得承认你这人太爱钻牛角尖了，不善于听取他人的意见。不是好朋友我才不会反复提醒你呢，你聪明一点儿好不好？情商高一点儿好不好？知性一点儿好不好？你想想你爸爸有人照顾了多好啊，而且，木已成舟，他们都结婚了，难道你还想把他们拆散？你和你姥姥闹得那么厉害，千方百计阻拦，他们不还是结婚了？看来，他们是真心想结婚的，你们应该祝福有情人终成眷属啊……是吧？"白果收敛起笑意，语重心长，像上了年纪的女教师。

　　"算了，不说这个了。姥姥要是知道我又考砸了，又得哭天抹泪了，还会数落我对不起我那死去的妈。她心脏不好，我害怕她气儿不顺。好烦

第一章　陪爸爸相亲

啦。你说真是奇了怪了，那道射影选择题平时十拿九稳，居然还会做错？白白地跑了三分，三分啦，得超过多少人哪。不跑那三分，那可就是满分了啊。自打上了这变态的学校，就没扬眉吐气过。你呀你，也真有本事，老爸在大学里教量子力学，你居然物理还会考砸？你老爸说不定会怀疑你不是他亲生的呢。"苗苗确实少根筋儿，一句话就触碰到了白果的软肋。

"我还真怀疑我不是他生的，要不然我的物理怎么会那么糟呢。物极必反吧，或者，我遗传了我妈妈。哦，话可不能这么说，不能说亡人的坏话呢。有什么办法呀，我可能遗传了他们所有的短板。也许我本该选择读文科的，我就喜欢写作文。可是，我爸爸说读文科出路窄，还说一旦读

文科他就帮不上我。其实，他也没少帮我，可我的物理就是上不去。我只能说，大学和中学物理确实不是一回事儿。不过话说回来，不就是考砸了吗，天还在头顶支着呢，大地还平平稳稳的。不想那么多了，继续努力啊，争取下次考好点儿。"白果撸了撸乌黑的披肩发，随手捡起了一片黄得发亮的银杏叶。

"哎，还真是麻烦，也努力了啊，总是停留在中不溜。真不该上这变态的重点中学，好像全市的人尖儿都蜂拥到班上来了。数理化不考满分，你永远都没有出头之日。梁思帅和章天之那两小子，平时也没觉得他们怎么用功啊，居然数理化都能考满分，超级变态！"白果轻轻叹息，眉头微微收紧，很快又云开雾散，"差距可不是一星儿半点儿的呢，好比美国和肯尼亚，根本就没有可比性呢。算了，'人比人气死人'，不和别人比了，和自己比比就行了。哎，有什么好比的哟，总分还比上次少了两分。嘿，告诉你一个好玩儿的事儿吧，下下周日上午我要陪爸爸去相亲呢。嘿嘿，真好玩儿。"白果亲昵地拥着苗苗，喜色扑面。

"你说什么？还好玩儿呢？真是没心没肺啊，那还好玩儿呀。你还不赶快阻止，居然还要陪他相亲去？我看你比我还少一根筋儿呢，犯二呀你！"苗苗猛地站住，左手做了个V形，用力推向白果。她瞪大眼睛，如同撞见了鬼魅。"看明白了吗？你可是忒二了呀！你去打听打听，天底下有几个好心肠的后妈？后妈一进门，就有你好果子吃了，等着吧。还高兴呢，到时候想哭都找不到地儿，只得跑到银杏树下来哭呢。白果，你这次可得听我的呀，一定不要同意，态度一定要坚决。我当初就是态度不坚决才让爸爸跑了滴……我姥姥说谁不让他们结婚了，那至少得等我考上了

大学长大成人了没有后顾之忧了吧……"苗苗心急火燎，口若悬河。看样子，她可以一口气儿说到明天早上上学。

白果赶紧拦腰接过话茬儿："后妈也是人呢，又不是豺狼虎豹，我还怕她把我吃了？再说了，我都十七岁了，她还能把我怎样？我爸爸说了，如果我不同意，谁也别想进我们家门。当然，我一定会瞪大眼睛帮爸爸把关，一定要严格审查。嘻嘻嘻，真好玩儿。不知道这个阿姨长什么样，期待中哦。"

白果甩开苗苗的手，笑盈盈地大步流星往家走。

"苗苗，你凡事都特悲观。我呢，正好和你相反。这样好啊，我们两个正好互补！"白果笑意盈盈。

一时语塞的苗苗突然扭头恶狠狠地说："互补你个头啊！'不听老人言，吃亏在眼前！'"

"老奶奶，再见！"白果清脆地喊一嗓子，笑嘻嘻扭身跑进了师范大学。

"晚上有空上Q啊！'一路同行'里见！"苗苗猛冲过去抓住白果奔跑的背影，"还没说完呢，你跑什么跑呀？你知道吗？梁思帅想做增高手术。"

"我好像听我爸爸嘟囔过几句。做就做呗，反正现在医学这么发达。"白果不以为然。

"万一失败了，不就成了瘸

子了？"苗苗一脸惊悚，仿佛梁思帅已经瘫了。

"不是说只是'万一'吗？还有万分之九千九百九十九的成功率嘛，你把什么都想得特悲观！"白果着急回家，不想再啰唆了。

"他又不是小侏儒，又不当电影明星，做那个手术干吗？手术可不是闹着玩儿的，你可别煽风点火啊，有空在'一路同行'里劝劝他吧。"苗苗满脸焦虑，怔怔地望着白果远去的背影，小声嘟囔，"没心没肺的家伙！"

# 2

白果觉得爸爸白帆最近很反常，居然每天晚上九点半都准时收看B城电视台生活频道的《选择》。那是一个专门为离异、丧偶的中老年人找对象的相亲节目。

白帆唱歌不好跳舞不好，浑身上下没有丝毫文艺气息，除了体育直播外，基本上不看电视。除了每周二、六日晚在学校体育馆打羽毛球外，几乎没什么业余爱好。不善言谈的白帆，居然牵头成立了"羽球友缘"民间体育协会。参加者多半是学校各个院系的教师，或者是朋友的朋友。白帆负责订场地，购买羽毛球，群发短信通知大家活动时间。如此烦琐的事情白帆居然多年如一日做得有滋有味，大大出乎白果的意料。在白果看来，只有那些闲得没事儿干的人才会这么不嫌麻烦。

当然，白果不得不承认，幸亏爸爸爱打羽毛球。否则，他早就被满屋子的物理书本耗损成了百分百的老学究——戴眼镜，面无表情，大多数时候都暮气沉沉，任何时候都一副若有所思的样子。令白果自豪的是，四十七八的爸爸身材依旧有模有样，两鬓虽渐白却依旧茂盛，没有秃顶的迹象。尤其在羽毛球场上，爸爸奔跑跳跃劈杀，只能用两个字来形容——矫健，完全像另一个爸爸。

白帆一向忙碌，恨不得把吃饭上厕所的时间都用于钻研量子力学。据说，量子力学是大学物理中最难的一个学科，白帆居然在这个领域取得了一些成就，三十六岁就晋升为教授。然而，白帆最近居然有闲心看电视，每天晚上雷打不动。神情之专注，恨不得钻进电视机。

因为白帆要去打羽毛球，今晚他和女儿白果早早就饭毕。一不小心吃多了，白果困得不行，也无心写作业，早早蜷缩在沙发里守在电视机前等候湖南卫视的《快乐大本营》。

收拾停当，白帆背着硕大的凯胜羽毛球球包准备出门。他像是要去约会一般，春风满面，意气风发。

"果果，跟爸爸去活动活动？你运动太少了，不运动身材就不苗条哦。"爸爸居然和白果开起了玩笑。

白帆虽然一向对白果百依百顺，但很少和她没大没小。妻子左红叶去世后，白帆从不违逆白果的心愿，白果可以为所欲为。但是，爸爸就是爸爸，总会让白果感到不怒自威的气势。白果顺利升入了本市最好的高中——R大附中，还算尊敬爸爸，爸爸对她自然是满意的。

"爸爸，只有您这样的大叔才需要保持身材哦。哈哈哈……"白果嬉皮笑脸拥着爸爸，"爸爸乖啊，好好玩儿，把那些大叔打得满地找牙哦。"

白果帮爸爸拉开门，恨不得爸爸赶快消失。有时候她更喜欢一个人待在家里，爸爸不在家怎么说都是自由的。可是，爸爸除了上课、偶尔外出开学术研讨会，大多数时间都窝在家里，典型的宅男。白果难得独自逍遥。

"想把老爸扫地出门哪？'女儿大了不由爹'了。你小时候我哪次打球你不跟着？小跟屁虫一个！现在嫌弃老爸老了？"爸爸轻轻掐了掐白果的脸，絮絮叨叨，一反常态。

"爸爸——"白果用力攀着爸爸的肩膀，声音娇滴滴拐了几个弯，"爸爸，不是这样子的哦。我很忙啊，还有好多作业要写啊。再说了，老爸不老，还叫老爸呀？呵呵呵呵……"

上高中之前，每周六晚上白果都会跟着爸爸去体育馆打羽毛球。球毕，聚餐，大快朵颐。"羽球友缘"里的孩子不少，大人们聚会，小孩子们自然也聚会，久而久之就成了好朋友。白果就是在这里认识了同龄的梁思帅和章天之。上高中后，

他们各自有了自己的私人空间，宁愿单独聚会，就不再和大人们一起玩儿了。而且，他们更愿意在网络里见面。梁思帅建了"一路同行"QQ群，把曾经一起玩耍的伙伴聚在一起。他们还网罗了各自的朋友，"一路同行"人丁兴旺。每周六十点半，是"一路同行"法定的聚会日。

爸爸约束白果：周一到周五戒网戒电视，周六、周日开戒。上高中后，白果学习成绩徘徊不前，爸爸有意无意提醒：该努力了，应该一年三百六十五天戒网戒电视。白果嘴一噘，眉眼儿下垂，爸爸便不忍再强求，睁只眼闭只眼。其实，爸爸心里有数，白果不努力肯定是上不了北大、清华的，保持中不溜上个北师大应该没有多大问题。再说了，北师大也不是一般人能上的呢。

爸爸归来的时候，白果正蜷缩在沙发里一边看《快乐大本营》，一边捧着笔记本电脑在网上闲逛，看各种各样的八卦新闻。她超级迷恋星座，梦想成为新一代星座女皇。

爸爸很快冲完澡，容光焕发而又略带焦躁地在白果面前晃来晃去。

白果装没看见，只顾两头忙活。

爸爸终于憋不住了，讪讪地坐在白果身边，讪讪地问："果果，看什么呢？好看吗？这个节目有什么意思呢？要上网就专心上网，不能一心二用。"

"爸爸，您陪我看吧，很好看的。这个节目可火了，您不看这个节目您就OUT啦。"白果眼皮都没抬一下，继续吃着碗里盯着锅里。

爸爸耐着性子陪白果看了几分钟，心猿意马，站了起来。

"您想看这个节目吧？好，您看吧。晃来晃去的，我眼晕！"白果

"啪"的一声转换到了《选择》。

白果同时和N个人在私聊，索性送爸爸一个大人情。

爸爸立即安静地坐了下来，满脸堆笑，讨好似的说："谢谢果果，真没白疼你，知道心疼爸爸了，知道让着爸爸了。还是女儿好啊！呵呵呵呵……"

"爸爸教授，您嘴巴抹蜜啦？是个什么东东啊，您那么着迷，一个晚上都不落下？您不研究您的量子力学了？"白果嬉皮笑脸。

布艺沙发非常柔软，白果喜欢这种被海绵彻底包裹的感觉，不愿挪窝，继续捧着笔记本电脑聊天。

爸爸早已沉浸在《选择》里，全然忘记了白果的存在，不时轻轻叹息，偶尔还呵呵直乐。

# 银杏路上的白果

白果忙里偷闲扫爸爸一眼，得意忘形地揶揄："爸爸，看您那痴迷样儿，跟花痴一样！"

突然意识到自己没大没小，白果赶紧捂住嘴。幸亏爸爸啥也没听见。

白果好奇于爸爸的如醉如痴，忍不住瞟了瞟电视屏幕。

"呃，爸爸，您看，那个人好像您啊。真的很像，不过，您比他年轻多了。"白果像发现了新大陆。

"嘘，别说话，认真听。"爸爸目不转睛，身子用力前倾。

那个酷似爸爸的男人正在讲述他的心声：我们结婚二十六年，孩子成人了。我们的感情一直很好，共同打拼了大半辈子，该有的都有了。五年前，她突然查出了癌症。我们不想放弃，一起咬牙和病魔抗争……三年前，她离开了这个世界。她没了，家就空了，我的心也彻底空了。我就职于科学院，大多数时间在家里伏案工作。忘情地投入到工作中，把什么都忘记了。一旦不工作了，寂寞和孤独就排山倒海袭来……孩子成家了分开过，偶尔周末过来看看。很多时候从早到晚没人和我说一句话，嘴巴都快给封冻了。一个人的日子实在是太漫长，漫长得不知道该怎么过下去了……虽然我有工作有孩子，但我还是无法排遣内心的寂寞和孤独，所以我来到这里，希望能找到一个可以说说话的人……

主持人见缝插针补白："这位大哥这些年您过得真不容易，没有妻子的家就像瘸了一条腿，既当爹又当妈的酸苦一言难尽，一个人的生活诸多艰难啊……"

一位上了年纪的观众泪流满面，几度哽咽："我和台上这位先生的处境相似，我非常理解他。俗话说，'女子无夫心无主，男儿无妻财无主'。我们都上了年纪了，还厚着脸皮来到这里相亲，实在是不想一个人走完余生啊！"

白果深受感动，不由自主就想起了爸爸，突然就明白了爸爸痴迷这个节目的缘由。她不断偷偷观察爸爸，昏暗的灯光下爸爸有些憔悴，还有些可怜。爸爸性格内向，不善言辞。掐指算来，妈妈去世六年多了。妈妈去世后，爸爸的话就更少了。但是，爸爸绝对是个好爸爸，根本不用怀疑。

白果触景生情，突然动情地对爸爸说："爸爸，您也像他们那样找个人结婚吧。要不，您也报名上这个节目相亲去？我会去现场给您加油助威，一定有好多女的对您感兴趣哦。"

爸爸被白果突兀的话弄得十分尴尬，像是裤管里突然钻进了一只蚂蚱，极不自在地欠了欠身，还干咳了两声，结结巴巴地说："小孩子家家的……懂……懂什么？瞎……瞎说！"

3

秋高，气爽。阳光透亮，天空湛蓝。风和沙，远在塞外玩耍。摄氏

# 银杏路上的白果

二十度上下的气温，允许人们别出心裁地选择衣服。大街小巷涌动着丰富的色彩，B城迎来了萧瑟前的华丽季节。树叶们虽已盛极而衰，但树干仍旧保持着处变不惊的风度。银杏路上铺满了黄灿灿的银杏叶，华丽得宛若童话世界。过往的车辆不约而同地放慢了车速，一些人还文艺范儿地摇下车窗举起手机频频拍照。个别司机竟然冒险随意停车，尽情一饱眼福。过往的行人大多放慢了脚步，轻轻地行走在银杏叶上，或许会幻想自己就是童话世界里的王子或公主。美中不足的是，每年这个季节银杏路的交通都会濒临瘫痪，与美丽如影随形的竟然是嘈杂和拥挤。

今天是周六，也是白果妈妈的祭日。

一大早爸爸就叫醒了白果，白果极不情愿地睁开眼睛，鸟雀们在窗前喧闹得树枝乱颤。白果蓬头垢面地拉开窗帘，阳光携带着炫目的灿黄倾盆而下。一夜之间，树叶们跟商量好了似的全都绚烂夺目。白果被眼前的美景震惊了，睡意顿消。突然想起今天是个特殊的日子，白果立即绷紧神经"噌噌噌"地拾掇个人卫生。

白果和爸爸默不作声，默契地各自收拾停当走出门去。在学五食堂吃完早餐，他们并排走出校园西门，走向银杏路。因为是周末清晨，银杏路上难得冷冷清清。一夜过后，路面上又铺了一层厚厚的新黄。颇为神奇的是，树枝上的黄叶似并不见少，好像地底下突然长出了黄叶。还得感谢管辖这一片区的市政工作人员，他们似乎诗性复苏，并不着急让清洁工人清扫。

白果和爸爸依旧沉默不语，各自拎着袋子蹲下身在密密麻麻的银杏叶间精挑细选。

爸爸环顾左右，犹犹豫豫，突然一跃而起，攀折了一小截银杏树枝。

白果的余光瞥见了爸爸的所作所为，全身立即就僵硬了。她不敢环视周围，总觉得有无数双眼睛正盯着他们。

爸爸乜一眼白果，满面歉意，像做了坏事儿的小学生。

意犹未尽，爸爸继续专心致志俯身挑挑拣拣。

白果觉得挑拣得差不多了，心不在焉，甚至有点儿不耐烦了。更何况爸爸手里还拽着新鲜的树枝，很打眼，她特难为情。不管有多么合情合理的理由，爸爸的行为都属于破坏环境。爸爸还是老师呢，要是被他的学生撞见了就该斯文扫地名誉成灰了。

"走吧，爸爸，够多的了。"白果捅了捅全神贯注的爸爸，随手拽过爸爸手中的树枝，"要是被城管逮着了，您可就……"

爸爸搓着手，勉强挤出了一丝笑意，涨红了脸，不说话。

白果当然知道，爸爸想送给妈妈最美丽最新鲜的银杏树叶。

许多年前爸爸妈妈风华正茂，都就读于银杏路边的师范大学。那年银杏叶飘落的某一天。爸爸一边骑自行车一边思考，不小心撞倒了正在欣赏银杏叶的妈妈。不打不相识，一段姻缘就此开始。妈妈就读于中文系，特别喜欢银杏叶。后来，他们都留校任教。再后来，他们结了婚。

妈妈是在银杏叶泛黄的那个秋日离开人世的。每逢妈妈的祭日，爸爸都会带着白果到银杏路上拣银杏叶。爸爸带着一个大大的布袋子，拣上

满满一袋。闲暇，他会精心制作银杏叶标本。等到清明和妈妈生日的时候，再送到妈妈的墓地。白果时常惊诧，一个搞量子力学研究的理科男，居然有这般柔情蜜意？爸爸是一个谜，白果破解了好些年仍旧雾里看花。

妈妈去世那年，白果上小学三年级。之前的很多年，他们一家三口聚少离多。爸爸去荷兰攻读博士学位，妈妈去美国深造，只好把白果送到奶奶家。

等爸爸妈妈都取得了博士学位，安顿好了小家，白果已经上小学二年级了。因为长期不在一起生活，白果对爸爸妈妈的感情相当淡薄。在白果心里，爷爷奶奶就好比爸爸妈妈。

白果无法原谅自己，妈妈去世的时候她居然没哭。虽然大人们大多哭得昏天黑地，可她自始至终就是没感觉，好像妈妈不过是又去美国读书了，说不定什么时候就回来了。她早已习惯没有妈妈的生活。以后若干年，每当看见

"妈妈"这个字眼，她依旧没感觉。每年她会跟着爸爸为妈妈扫几次墓，面对墓碑前那个笑靥如花名叫"左红叶"的女人，白果通常没有任何感觉，除了陌生还是陌生。虽然没有谁指责她冷漠、麻木，但她自己还是时不时痛骂自己"相当冷血"。

白果的妈妈虽然属于高级知识分子，但她是一个特别传统的中国女人，完全符合中国典型的贤妻良母标准。她温柔、柔弱、善良、勤快，不但对所有的长辈孝顺有加，而且对丈夫关怀备至，甚至对白果言听计从。在白果有限的记忆中，妈妈从来不曾做过违背白果心愿的事。哪怕是白果的无理要求无理取闹，妈妈皆会一一满足。妈妈拿白果没一丁点儿办法，甚至有点儿怕她。凡事一味妥协、退

让，无原则顺从他人，是妈妈性格的基调。

亲朋好友左邻右舍常说，白果的长相和妈妈几乎是从一个模子里刻出来的。不过，白果的个性和妈妈截然不同，完全是冰火两重天。白果性子急脾气倔，是那种无法形容的倔强。但凡她认准的事，即便在南墙上撞得头破血流都不愿回头。

# 4

小时候白果非常迷恋上学，小小的她不知何故笃信一点：一个孩子如果不去上学，那该是一件多么不可思议的事情啊。即使生了重病，她也会坚持到校。妈妈自然束手无策，只得提心吊胆任由她拖着病体去学校。因此，那些年爸爸妈妈特别担心白果生病。白果生病似乎并不可怕，更为可怕的是她的执拗。

上幼儿园大班那年夏天，白果刚刚从奶奶家回到爸爸妈妈身边小住。恰逢B城遭遇特大风暴，全城的人好像都待在家里休息，可白果依然嚷嚷着要去学校上学。

妈妈苦口婆心："果果，听话啊，幼儿园关门了呢，所有老师和小朋友都在家里躲避暴风雨。今天真的不用上学了哦。"

白果哪会听妈妈的劝说，执意闹着要去学校。

爸爸在外地开会，妈妈那天正好胃痛得腰都直不起来，根本无法陪着白果去学校。妈妈急得眼泪汪汪，可白果仍旧不为所动。妈妈知道自己从来不曾战胜过白果的倔脾气，只得胆战心惊看着她背着书包走出了家门。

暴风雨确实太凶猛了，走出楼道，小小的白果根本无法站直。她挣扎着走了几步，就被风刮倒了，那把心爱的红色小伞也被风刮跑了。白果好不容易爬了起来，却只能眼巴巴看着小伞被风抢走。没办法，她只好回家。

妈妈喜出望外。可是，也许她无论如何不会想到，白果一进门就说："妈妈，家里还有伞吗？快给我一把伞，我要去上学！"

因为妈妈坚决地说"真的没有伞了"，白果才放弃了继续去学校的念头。稍大一点儿，白果明白妈妈欺骗了她。那应该是妈妈唯一一次战胜了白果的执拗。

白果上小学三年级那年妈妈生了重病，白果不明白"重病"意味着什么，全然没有意识到妈妈将永远离开她。她照样每天去上学，只是偶尔去医院看看妈妈。和生病的妈妈相比，白果自然认为上学肯定更为重要。

白果每次去看望妈妈，妈妈总是泪眼汪汪地搂着白果。

白果不明白妈妈为什么那么爱哭，又不是小女孩，简直还比不上小小的白果呢。白果打小就不爱哭鼻子，爷爷奶奶经常夸她坚强得像个小大人。

妈妈总是噙着泪对白果说："果果，你一定要听爸爸的话，一定要好好读书，将来一定要考上大学。只要你出息了，妈妈在另一个世界就会开开心心。"

考大学，对于那个年龄的白果来说实在是太遥远了。反正她对上大学

没有任何感觉，而且，她觉得妈妈说的全是废话，简直笑死人了。

白果当时一定毫不在乎，妈妈一定感觉到了白果流露出的鄙夷不屑。对于一个行将离开人世的母亲来说，女儿的冷漠是何等残忍的伤害和打击？也许，少不更事的女儿无意中令病危的母亲雪上加霜。

以后若干年，只要一想起当年的情境，白果就心意沉沉，恨不能让时光倒流，恨不能狠狠抽自己几个大嘴巴子。

"常言道：'女儿是母亲的贴身小棉袄'。而我，究竟充当了妈妈的什么角色呢？"白果偶尔会责问自己。

妈妈离开人世后，懵懂的白果似乎没有太多的伤痛。她照样一心一意上学，回家就认认真真写作业。然而，没有妈妈的照顾，她的学习成绩很快一落千丈。虽然她还是特别迷恋上学，但她并不把学习当回事儿。人虽然在学校里，心却不知道在何方飘摇。这种心猿意马浑浑噩噩的状态，一直持续到她上初中二年级。

爸爸很着急，但他不想给白果太多的压力。毕竟，爸爸怜惜白果没有妈妈。一个没有妈妈的女孩能够健康长大已经相当不错了，学习不好也不会天崩地裂。

某一天白果放学回家，独自在银杏路上摇摇晃晃，不知怎么的突然想起了妈妈多年前病重时泪流满面的叮嘱。就像长睡之后猛然被惊醒，她这才意识到妈妈真的永远离开了她，这才意识到其实她一直没有忘记妈妈。更让她难以释怀的是，这辈子她竟然从来没有听过妈妈一句话。

"妈妈给我当妈妈是多么多么失败啊！"白果默默地念叨。

也就是在那一瞬间，白果便牵肠挂肚想念妈妈，疯狂地想在妈妈面前做一回乖乖女。可是，"曾经沧海难为水"，所有的心愿都不过是永远的遗憾。

白果泪流满面回到家，爸爸紧张得六神无主。

"爸爸，从现在开始，我要努力学习，考上大学。"白果噙着泪向爸爸保证。

像是突然论证出了牛顿定理那样的难题，爸爸高兴得语无伦次。他反复揉搓着手，说："果果，只要……只要你尽力了……就好……就好……我们果果真的懂事儿了，长大了……真好……真是好……"

从此，白果在愧疚中反省，并化愧疚为前进的动力。她叮嘱自己："这辈子我一定要听妈妈一句话，即使她和我已经阴阳两隔。只有考上了大学，才能满足妈妈的心愿，才算是听过妈妈的话。"

也就是从那一天起，白果洗心革面，发愤读书，终于考上了本市最好的高中——R大附中。在所有熟悉白果的人看来，她的进步堪比火箭升天，奇迹啊奇迹。

谁都知道考进了R大附中，就意味着一只脚已经跨入了重点大学的门槛。高一上学期白果确实也努力了，但"山外有山，人外有人"，她的成绩在班上也就是中不溜。她被淹没在一大堆人尖儿里，别无选择只能充当分母。她的自信心大大受损，渐渐地，她找不到努力学习的动力了，有点混日子的意思。反正正常混下去上个一本是没有多大问题的，也能实现妈妈的遗愿。

爸爸特着急，担心白果一不留神懒散得无边无际，说不定只能沦落到上二本、三本。但是，爸爸晓得白果的倔强，投鼠忌器，不好逼迫她用

功。

"果果，你得学会算账啊。你在R大附中即使是'凤尾'，也比去一所普通高中当'鸡头'强呢。但是，如果你自暴自弃，那R大附中的'凤尾'也就真比不上人家的'鸡头'了。所以啊，只要你努力做一个出色的'凤尾'，前途依旧是光明的……"爸爸急不得恼不得，只能循循善诱。

"知道了知道了，烦不烦啊？您还要我怎么努力啊？二十四小时不吃不喝不睡觉都用来学习？您知道班上那些人有多变态吗？一个个根本不是人，都是打宇宙里来的呢，数理化全考满分的一抓一大把。没办法啊，人家基因好啊……"白果口无遮拦，咄咄逼人，情绪激愤。

哦，说了半天，得出的结论是遗传基因不好，爸爸哑口无言。他知道这个年龄的女儿还得继续哄着让着。倘若白果负气离家出走了，他可怎么面对长眠于地下的那个她？

## 5

驱车去青松公墓的路上，爸爸面无表情，始终一言不发。白果找不到和爸爸对话的话题，只好蜷缩在副驾上玩IPAD，百无聊赖。她一直不大情愿去公墓，一直不喜欢爸爸硬邦邦的凝重。但她知道不能直接对爸爸说出心里的感受，更不能流露出不情不愿。

汽车在盘山公路上飞驰，车窗外"万山红遍，层林尽染"，白果灰暗的心绪被浓重的秋色一点点儿覆盖。这条路父女俩已经跑过很多次了，一切都很熟悉，就像每天回家一样。

这是白果第N次走进这片群山环绕的公墓了。灵动的燕山横亘在眼前，北方高远辽阔的天宇写意在头顶，把白果和爸爸衬托得无比渺小。公墓四周苍松翠柏林立，墓园里人迹罕至，寂寂无声。站在那个刻着"左红叶"的墓碑前，白果头一次感觉到了隐约的心颤。香烛袅袅，纸钱飘摇，饮料水果叠叠，鞭炮炸响，银杏叶纷飞。爸爸和白果把每一个祭祀的程序都做得井然、熟稔，自始至终，无泪亦无语。

清理了妈妈墓前的杂草、灰尘，顺便给妈妈的"邻居"点燃香烛、纸幡，以求他们能够照顾柔弱的妈妈。做完了该做的一切，爸爸照例还是没有立即离开的意思。站在妈妈的墓碑前，他竟然点燃了香烟，小声嘟囔："你放心，我平时是不吸烟的，只是来看你的时候才吸一吸……一个人太难了……我决定……"

白果装没听见，赶紧扭转身。她知道应该给爸爸妈妈留出单独相处的时间和空间，便自顾自信马由缰地在坟场里转悠，心绪沉甸甸。极目扫视层层叠叠密密麻麻浩浩荡荡的碑林，她没有恐惧，但殊为压抑、窒息。长眠者，各种年龄皆有。一位生于1974年的母亲，笑靥如花。一位生于1985年的青年，面目俊朗。甚至还有一个生于1996年的小姑娘，留着顽皮的羊角辫……

"苍天哪，她竟然和我同岁？她怎么就活不下去了呢？"白果浑身发

紧，意念飘飘忽忽。

实在没有勇气——看过去了，白果突然想起了不知在哪里读过的一句俗谚：阎王爷索人性命，不论年龄大小，所谓"黄泉路上无老幼"。浑身突然冒出了厚厚的鸡皮疙瘩，白果赶紧回到爸爸身边。爸爸还在吸烟，依旧面无表情，依旧呆立不动。

香烛燃尽，冥纸灰飞烟灭。夕阳西斜，爸爸不得不转身离开，但还是频频回首。

父女俩返回温暖的家中，却不得不把妈妈留在这荒凉、空寂、冰冷的墓地里。不忍，却又别无选择。奈何？几只野狗在墓群中穿梭、飞奔，如同幽灵、鬼魅。白果突然感觉到剧烈的心痛，泪眼迷蒙。爸爸一手把着方向盘，一手拍了拍白果的肩膀。白果很想放声大哭，但她强迫自己不要失态，唯恐影响爸爸开车。

"生命是物质的表现形式，生命的消失就是回归到物质的原初状态，从终点到起点。从物质不灭定律的角度说，生命不但没有消失，反而回归到永恒……"爸爸似自言自语。

收音机正在播放："明天，晴，最高气温二十摄氏度……"

还是一个阳光灿烂的秋日。

## 6

那晚白果提议让爸爸上电视相亲，爸爸很难为情，且正经得跟四大皆空的僧侣似

的，白果就不好再说什么了。

"喜欢什么才爱看什么，不想结婚还看那种节目做什么？"白果暗自嘀咕，心里郁结着不大不小的疙瘩。

事情往往令人意想不到。几天后的一个夜晚，白果正对着物理题走神儿，下意识摸了摸书桌边上的《海子诗选》。

爸爸突然敲门，郑重其事找白果谈话："果果，后年你就要高考了，时间很紧张……你的学习成绩不够稳定，爸爸也着急……爸爸刚刚申请到了一个国家自然科学基金重大项目，科研压力相当大……"

爸爸嗓音低沉，说得有些吃力，像是做完声带手术不久。

一提到学习，白果就心浮气躁。她不是不想学好，也不是学不好，但她就是无法把全部心思都用在学习上。杂念总是不请自来缠缠绕绕，该或不该她这个年龄的女孩子想的许多问题，她好像都无法不去琢磨。而且，她迷恋上了文学，尤其喜欢写诗。她更愿意沉醉于阅读文学作品和写诗，不想和那些枯燥的数字符号过多纠缠。况且，她心如明镜，再怎么用功，名列前茅的可能性并不大。面对中不溜的成绩，看得出爸爸假装不怎么着急，白果虽然偶尔会急一急，但她也暂时无力改变这种现状，自然就得过且过了。

爸爸竟然点燃了一支烟，表情凝重得仿若泰山压顶。白果厌烦爸爸的苦大仇深，始终想不明白爸爸干吗把好端端的日子过得天寒地冻？

"天崩地裂啦？银行卡丢失啦？爸爸，瞧您那满脸沧桑，怪吓人的。"白果瞪了瞪爸爸，抱怨的情绪一览无余。

"你妈妈走的时候再三嘱咐我，一定要把你培养成才。这些年爸爸没

有忘记……爸爸未来五年特别忙，可能，可能没有时间照顾你……你看，你看，爸爸给你找个……怎么样？"

"找个后妈？"白果调门洞开。

爸爸像做了错事儿，红脸，低头，无语，吞云吐雾，低沉地叹息，目光呆滞。

尽管白果也希望爸爸再找一个，但她还是惊异地定睛审视爸爸，突然感觉爸爸异常陌生，无缘无故有些心酸。爸爸说话就是老到，翻山越岭绕道说了半天，才把最终目的挑明。而且，找的理由好像也合情合理，白果似乎无法拒绝。

白果觉得自己的不痛快来得有点莫名其妙，她若有所思地努力点了点头，"您想找就找呗，其实不用和我商量的，我说过我支持您！"白果惊讶自己竟然如此爽快、大方。

"是吗？"爸爸讪笑着，眼里浮现出一丝晶亮，"不过，找什么样的后妈爸爸尊重你的意见。只有你同意了，爸爸才让她进门。"

爸爸凑近白果，讨好的意味尽显。

毕竟爸爸还是首先想着白果的，毕竟爸爸比苗苗的爸爸无私得多，白果感觉舒坦了些。

"爸爸，那可是您亲口说的啊，得经过我同意。"白果盯着爸爸的眼睛，竭力搜寻着"绝不反悔"的答案。

爸爸挑了挑眉毛，使劲儿点头。笑意，傻傻的，憨憨的，滴答在嘴角。

"当然，也得您同意哦。我们家不能搞独裁，得民主，毕竟是您找老婆哦。"白果被自己逗乐了，笑声爽朗。

"好！"爸爸掐灭烟头，站起来，立即有了精气神。

父女俩就这样达成了君子协议。

白果意犹未尽，突然来了八卦的兴致："爸爸，您上电视征婚吧？我给你当亲友团，借这个机会我们闪亮登场。哈哈哈，多好玩儿啊！"

"算了吧，那多不好意思，大庭广众之下……"爸爸缩紧脖子铆足劲儿摇头。

"有啥不好意思的？正大光明的，没偷没抢呢。正好可以让更多的人了解您呢，那么多人注意您，多荣耀啊。爸爸，您的观念好土哦……我想，您上电视肯定很帅，一定比本人帅多了。因为您脸上轮廓分明，不是那种肉嘟嘟的大胖脸……我来给您当形象设计师吧？"白果眉飞色舞，好像爸爸过一会儿就要出镜。

"就知道瞎胡闹！还形象设计师呢？底版就那样了，都奔五了，怎么捯饬都老气横秋了。"爸爸自嘲。

"谁说的？'三分人才，七分打扮'呢，您以为那些电影明星真的能逆生长啊？真以为他们能返老还童？还不是装修出来的。据说，要是卸了妆，一个个惨不忍睹。爸爸，您要有自信啊，您看上去比实际年龄至少年轻五岁。"白果"噌"地站起来，端详爸爸。

"去去去，一边去，又没大没小了，"爸爸呵呵笑着转身走出白果的房间，"再说吧，也不着急，八字还没一撇呢，得看缘分了。"爸爸自言自语。

"听说缘分是等不来的，得自己找啊。您以为您还能守株待兔，撞到您和我妈妈那种缘分啊？"白果追着爸爸的背影嚷嚷。

"你怎么啥都懂了啊？这个你也懂？啥时候懂的？你可不能……不能……"爸爸转过身，好像不认识白果了。

"爸爸，你以为我还是小孩子啊？这个都不懂还有木有情商啊？"白

果眼睛瞪得大大的，"爸爸，您好复杂，又来了，不就是担心我'早恋'啊？亏您说得出口。没看见我一天到晚忙着写作业，打个哈欠的工夫都没有啊，还早恋？我倒是恋早呢，早上不想起床啊……"白果义愤填膺。

爸爸冲白果努努嘴，继续呵呵傻乐，满脸幸福花开。

# 7

妈妈去世的这些年，"妈妈"和"后妈"就成了白果家的禁忌话题。

前几年爷爷奶奶身体还硬实，每年都会来B城白果家小住。白果曾无意听见奶奶劝爸爸赶紧再找一个，还说爸爸才四十出头，总不能一辈子单身。爸爸说得等等，一来是担心新来的人对白果不好，二来是自己心里还没搬空，还没做好再找一个的心理准备。

随着白果一年年蹿个儿，爷爷奶奶的身体每况愈下，基本上就不来B城了。似乎没人再提起爸爸再婚的事，大家似乎都习惯了爸爸单身，似乎都忘记了爸爸还是单身。

白果由爷爷奶奶带大，对他们有一种唇齿相依掏心掏肺的亲昵感。虽说白果不再是懵懵懂懂的小女孩了，虽说如今她与爷爷奶奶的交流少之又少，但对于找后妈这样的大事，白果自然还会和奶奶念叨。并不指望奶奶一定能给她锦囊妙计，就是想找个人说说，寻找一种并非孤军作战的心理安慰。

出乎意料的是，奶奶竟然坚定不移地支持爸爸再婚，还再三叮嘱白果一定要理解、支持爸爸，且反反复复唠叨爸爸这些年过得不容易。其实，

白果更想从奶奶那里得到一些如何防备、对付后妈的私房秘籍。不管怎么说，她从各种渠道获得的有关后妈的信息大多消极，甚至恐怖。为此，她隐约有些不安。还好，奶奶倒是叮嘱一定要仔细斟酌，一定要瞪大眼睛察言观色。还说第一要人品好，当然，工作啊家庭条件啊外表啊也要适当考虑。一句话，那个人得配得上爸爸，得心甘情愿对爸爸和白果好。白果这才意识到，找个合适的后妈竟然需要那么多的条条框框，完全不像她空想的那般好玩。

和奶奶合计之后，白果暗自为后妈设定了明确标准：太年轻太漂亮的坚决不要，担心爸爸HOLD不住；太老的太丑陋的也坚决不要，爸爸还算帅气至少可以找个半老徐娘。否则，爸爸会别扭，白果看着也不舒服；个子不能太高，也不能太矮；不能太胖，也不能太瘦。而且，最好不要和爸爸一样是高级知识分子。奶奶说过如果两个人都需要搞事业，就没人操持家务了。当然，也不能是纯粹的保姆、家庭妇女型的，还得有一定的文化修养。毕竟爸爸是教授，得有共同语言。白果说这个她懂的，并强调还得看一眼就对她有"妈妈"的感觉，也就是《选择》里的嘉宾和主持人说过N遍的"眼缘"。当然，还有一个最最重要的前提：那个女的既要对爸爸好，又要对白果好。

已经陪爸爸约会过两个阿姨了，白果都不满意。

第一个阿姨是章天之的婶婶介绍的，属小资型。三个人在师范大学东门的十二橡树咖啡厅见面。那个阿姨看上去与众不同，有一种超凡脱俗的气场。但白果感觉她优雅得有点儿过分，有点儿装腔作势，还有点儿冷冰冰。那阿姨说最讨厌厨房里的油烟味儿，不能摸生水，会过敏，所以，从

不洗锅刷碗，天天叫外卖。白果听得鸡皮疙瘩咕咚咕咚，忍不住问："您洗澡怎么办啊？不过敏吗？"那阿姨脸上顿时就挂不住了，吞下了半截话，不停地看手表。半分钟后，说还有急事就优雅而冷漠地告辞了。

白果歉意地看了看爸爸，爸爸居然冲她直乐，好像什么也没发生。

白果如释重负，迫不及待地问："爸爸，我说错话了吗？"

"碰碰生水都要过敏的人，碰见我们那还不休克啊？"爸爸诡异地呵呵呵笑了。

白果忍俊不禁。不过，她还是有点儿过意不去，觉得自己搅黄了爸爸的约会。

约见的第二个阿姨是梁思帅的爸爸张罗的。为避免不熟悉的尴尬，见面的形式还算自然。打完羽毛球，大家顺便一起吃饭，暗地里找找传说中神秘的"眼缘"。那阿姨自来熟，跟谁都不生分，好像挺透亮的。但是，白果无意间发觉她挥舞着筷子谈笑风生，还用筷子尖剔牙。白果觉得恶心，不再碰那个人碰过的菜，感觉她是一个爷们儿得过头的女人。

爸爸爱干净，妈妈曾经也讲究，爷爷奶奶也很爱干净。白果自然而然就养成了良好的卫生习惯，虽不如长辈们整洁，但她特别厌烦脏兮兮的人。

那阿姨还戴金耳环金戒指金项链，白果觉得好俗气，就坚决地把她OUT了。

这一次白果没觉得过意不去，她认为只要是稍微有点档次的人，都不会喜欢这样的女人的。

白果担心爸爸太马虎，视而不见。席间，白果悄悄捅了捅爸爸，想让爸爸看清楚那阿姨剔牙的恶行。爸爸假装没感觉，干脆借故去了卫生间。白果以为爸爸生气了，故意不接她的茬儿。回去的路上，两个人各怀心事，都不主动说对那阿姨的看法。

刚进家门，爸爸就盯着白果的眼睛说："大庭广众之下你别搞小动作，都看在眼里的，得给人家面子啊。你不是经常说到情商吗？这就叫情商！"

"您知道我为什么碰您吗？"白果不服气。

爸爸突然"扑哧"一声，亲昵地拍了拍白果的肩膀："果果，以后你不会再把房间弄得乱七八糟了吧？终于明白不拘小节很招人厌烦了吧？"

以为爸爸会迁怒，借题发挥，白果出乎意料，一下子轻松了，觉得爸爸好可爱。她攀着爸爸的胳膊，把头依偎过去："爸爸，您说她怎么会用筷子剔……"

"打住啊，积点儿口德吧。在背后说别人的坏话，那可就是'长舌妇'了。各人有各人的生活习惯，少说三道四为妙。萍水相逢，也是缘分。"爸爸一本正经。

"八卦下不行吗？反正是和您有关的八卦啊。不八卦，多没意思啊。反正只有您和我知道，我又没举着高音喇叭在大街上嚷嚷。"白果努力申辩。

"翻开新的一页吧，啥也不说了，将相亲进行到底！"爸爸摆摆手，走进了卫生间。

白果被爸爸突然蹦出来的冷幽默弄得有点儿迷糊。还好，爸爸心情没受影响，白果长长地舒了一口气。

两次相亲受挫，白果自然相当沮丧，心里抱怨怎么介绍的都是有毛病的人，同时也反问自己是不是太挑剔了。白果只好和奶奶继续煲电话粥，奶奶说谁都不是完美的，爸爸这个年龄就是找个伴侣，有稳定的工作能过日子差不多就得了。白果不太明白什么叫"差不多就得了"，如果对一个人一点儿感觉都没有，甚至还有厌恶情绪，怎么可以生活在同一个屋檐下呢？怎么能够开口叫"妈"呢？即使不是结婚，就是找一个朋友，那也不能随便凑合吧。和一个怎么都喜欢不起来的人一起玩儿，能玩儿出什么情绪来呢？

白果情绪灰灰的，考试成绩不怎么理想都没这么灰暗过。爸爸倒像什么也没发生一样，该怎样还怎样，看不出心情的好与坏。也许他觉得无所谓，这事反正早已授权给白果了，同意不同意白果说了算。

白果在"一路同行"里吐槽，想宣泄掉郁闷的情绪。苗苗老调重弹，抱怨没见过白果这样糊涂的人，竟然主动去找后妈。还说"听人劝，吃饱饭"，刚愎自用只能咎由自取。梁思帅和章天之也跟着沆瀣一气调侃白果，说太搞笑了，爸爸找对象女儿非要掺和进去，简直可以上娱乐新闻的

头条。白果感觉知音难觅孤立无援，幸亏她是一个很有主见的女孩，她才不会轻易随大流呢。她坚信：真理往往掌握在少数人手里。白果就属于那极少数真理在握者！

## 8

俗话说：事不过三，好事多磨。星期天上午一大早，白果又跟随爸爸去约会。

白果原本想赖在床上美美地睡个懒觉。自从上高中以来，她好像觉得除了想睡觉之外，就没别的欲望了。可是，昨天晚上答应了陪爸爸相亲——这可是爸爸的终身大事，马虎不得。妈妈去世六年多了，爸爸才萌动了再找一个的念头，白果觉得爸爸还是够意思的。

苗苗的妈妈出车祸死后半年，她爸爸就跟百米冲刺似的给她找了后妈。苗苗伤心欲绝，大哭大闹，寻死觅活，硬生生把她爸爸逼到后妈家去住了。现在，苗苗视爸爸如不共戴天仇人，要是她有足够的力气，说不定还会对爸爸动粗。虽然白果认为苗苗的爸爸确实有点儿过分，但她认为苗苗的过激反应更过分。可能是因为经历比一般人坎坷吧，苗苗有一种偏执的深刻。比如，苗苗向白果转述她姥姥对男人的成见，说男人大多是没良心的，靠不住。白果听得晕晕乎乎心惊肉跳，心里隐隐作痛。

此前，白果认为爸爸不结婚，和她过一辈子也挺好。再说，自从妈妈去世后，她就对"后妈"这两个字眼特别过敏，她不敢想象要是家里来了个陌生的后妈会是什么样子，她到现在还固执地认为，不管谁当她的后妈，她们都不会互相喜欢的。虽然这种意识很霸道，但的确是她的真实想法，她无力改变这种心理状态。

不过，随着年龄的增长，白果模模糊糊意识到每个人到了一定年龄都得结婚，就像几何里的"公理"，无须论证也不必质疑。因此，她慢慢做好了爸爸迟早还会结婚的心理准备。而且，白果最近在一本杂志上了解到"单身男人比单身女人更容易衰老，男人天生就不会照顾自己"。白果很震惊很恐慌，她有意无意观察爸爸，发现爸爸的确开始衰老了——头上有了银丝，额上画上了隐约的五线谱，眉宇间时常凝结着某种可以感觉到却说不太明白的阴郁。白果突然感受到爸爸不容易，她心疼爸爸，想让爸爸开心一点儿。

此刻，白果看着"装修"得精精神神的爸爸，突然觉得他好像年轻了十岁。她祈愿今天约会的这个阿姨不会让她失望，她也害怕因为自己老是不满意，爸爸会灰心丧气。她无意中听见爸爸和谁打电话时说，"都这把年龄了，好与不好都没什么感觉了"。白果不同意爸爸的说法，她很想对爸爸说"别灰心，别着急，一定要挑选一个最好的"。

秋意依旧踌躇满志不忍离开B城，银杏路上依旧是一片声势浩大的亮黄。爸爸一手把方向盘，一手用拇指和

## 银杏路上的 **白果**

食指托着下巴，很MAN，有电影电视里成功男士的范儿。车速很慢，父女俩儿默不作声地欣赏眼前的美景，白果突然心酸眼潮。要是妈妈活着，就不用这么来回来见陌生的阿姨了。要打心底里接受一个陌生人太难了，比那些令人头疼的物理题难多了。要是妈妈健在，一家三口行走在银杏路上该是多么幸福！她突然想抱怨命运不公，为什么忍心让妈妈那么年轻就离开人世？为什么忍心让年轻的爸爸没有妻子？让还没成年的女儿没

有了妈妈？可是，这之前懵懵懂懂的白果并没感受到妈妈存在的意义，她痛恨自己觉醒得太迟了，是谁往她的心上覆盖了一层厚厚的遮光布？

　　汽车平稳地驶向天坛公园，一路上白果心事重重，一言不发。爸爸间或瞥她一眼，欲言又止。唯有邓丽君的歌声填补着父女俩无言的空白。以往，白果不大能理解爸爸为什么会喜欢邓丽君，声音柔若无骨，肉麻肉麻的。今天听起来，竟然别有一番滋味。那种柔软不是苍白无力的，而是渗透了缠绵、感恩和难舍。这首《我只在乎你》，好像唱出了爸爸的心声。白果偷偷瞥一眼爸爸，既怜惜爸爸，又怜惜自己，不觉泪意弥漫。


　　　　如果没有遇见你，我将会是在哪里？

　　　　日子过得怎么样？人生是否要珍惜？

　　　　也许认识某一人，过着平凡的日子。

　　　　不知道会不会，也有爱情甜如蜜。

　　　　任时光匆匆流去我只在乎你，

　　　　心甘情愿感染你的气息。

　　　　人生几何能够得到知己，

　　　　失去生命的力量也不可惜。

　　　　所以我求求你别让我离开你，

　　　　除了你我不能感到一丝丝情意……


　　爸爸突然关掉了音乐，把着白果的肩，柔声问："果果，你想找个啥样儿的呢？"

白果还沉浸在歌声里，没缓过劲儿，一时接不上话来。

"其实，人都是复杂的，很难见一面就看出个所以然来。还有啊，每个人都有这样那样的缺点，不能抓住别人的一些小毛病就无限放大。得看主流，看本质。"爸爸流露出讨好的神情，"也不能太自我，不能总是要求别人对自己好，还应该考虑自己应该对别人好。就像力的作用是相互的一样，你对别人好了，别人自然就会对你好……"

白果觉得爸爸有些反常，多少有点抱怨自己太挑剔，没好声气地说："看都看不顺眼，还怎么继续看下去啊？总不能拿个放大镜去寻找优点吧？水都不能碰的女的，用筷子剔牙的女的，您还觉得没发展下去可惜啊？您的口味真重！"

爸爸赶紧讪笑着缓和逐渐紧张的气氛："果果，你误解爸爸了，不是那个意思。爸爸是说……我们需要找到一种温和的心态……就是对待客人的那种友好态度……也许，就能发现别人其实相当不错，一些小毛病就可以忽略不计了……"

"是您自己说的我同意就可以，您是不是反悔了？我也没不友好啊。不过是发现了确实不能容忍的东西啊，您不也觉得不好啊？您要是觉得好，那我就不说什么了。这样吧，一会儿要见的这位，您自己决定吧！我弃权，什么也不说。"白果板着脸，气咻咻。

爸爸的解释适得其反，越描越黑。

"果果，你今天怎么了？说话冲得……爸爸都不知道怎么说下去了。"爸爸瞥一眼白果，叹息一声，一脸无可奈何。

白果突然意识到这种气氛不利于相亲，强迫自己和颜悦色："好吧，从现在开始我说话友好些，温柔些。您可是知道的，我可没邓丽君那么温柔，我尽量装一装温柔，行吧？"

白果理了理蓬松的刘海，撸了撸长长的披肩发。她喜欢留长发，但她发现自己的头发总是不听话，不服收拾，总是蓬松凌乱的。

"理解万岁！谢谢果果！"爸爸冲白果竖起了大拇指，还是一脸讨好的笑。

白果觉得爸爸不容易，意识到不该折磨爸爸，柔声安慰："爸爸，您放心，我绝对不会捣乱的。我保证！"

爸爸瞥一眼白果，眼角上挂满了笑意。

天高，云淡，风轻，空气里飘浮着惬意的微凉。天坛公园就在眼前，爸爸和白果整理好情绪，怀着美好的憧憬，约见了第三个"候选后妈"。

# 第二章　看上去不错

# 1

深秋的天坛公园已微微消瘦，但清清爽爽，飘逸儒雅。游客虽不少，但因园子实在太大，仍能从容地将各种噪音和拥挤稀释。澄碧的天宇没有一丝杂念，把园子衬托得更加空旷。鸟雀们轻捷地在草地、树林间穿梭，似乎心情也和这天气一样，出奇地好。白果喜欢安静，这正契合她的心境。一进入园子，原本努力提拉的情绪立即就飞升，眼波瞬间顾盼生辉。

爸爸从容不迫地走向那片海棠园，如同回家一般熟稔。繁华即将落尽的紫藤架下，一个阿姨笑意温柔，不疾不缓朝他们走来。

"你是果果吧？嘿，好有灵气啊，怎么长的哟？这姑娘。"像是认识了很多年，那阿姨伸手拉住了白果。

"果果，这就是洪姨，快叫洪姨！"爸爸春风满面，眼里笑意荡漾。

白果很久没见过爸爸笑得如此放松了。

"洪姨好！"白果被感染了，情不自禁地笑逐颜开。

"一路上不堵车吧？"洪姨拉着白果的手，缓缓往前走。

"还好！"父女俩异口同声。

"真是心有灵犀啊！有女儿真好！"洪姨笑声清脆，像是从春天的草地里走过。

"果果，听说你上R大附中啊？你可真行！那是人精才能考进去的学校！"洪姨满脸欣羡，温柔地捏了捏白果的手。

爸爸笑而不语，掩饰不住小得意。

白果看看爸爸，有点儿不好意思。爸爸知道她的底细，她忍不住小声说："我是凤凰堆里的土鸡呢！"

"这孩子，说话真逗！"洪姨笑嘻嘻，随手理了理白果额前的刘海，"白教授，你看，这就是年轻啊。这发质多好啊，乌黑发亮。可以稍微剪短一点儿，那就更精神了。瞧，多饱满的额头，眼睛好大啊，好漂亮的姑娘！头发好密呢，发质真好。要是戴条发箍，就更利索了！"

"戴发箍？什么样的发箍？"白果声音上扬，顿时精神百倍。

白果一直为自己的头发苦恼。她太喜欢长发飘飘了，可是飘飘了自然也就容易凌乱。

爸爸似乎从来不关心白果的穿着打扮，好像也不怎么会。姑姑偶尔来一趟B城，陪白果买买衣服。反正白果是中学生，多半时间得穿校服。至于她的头发呢，好像从来没人关心过。实在是太长了，白果就对着镜子自己胡乱剪，或者找苗苗帮忙。

"待会儿有空了，阿姨陪你去买。公园里好像就有精品饰物店呢，要不，我们现在就逛过去？"洪姨迫不及待地拉着白果加快了步子。

"洪姨，我就烦我的头发啊，太多了，太乱了。"白果敞开了心扉。

"是啊，女人一生中得花多少时间收拾头发哟。头发多，好啊，怎么捯饬都好看呢。果果，你的头发倒是可以让理发师削薄一点儿。"洪姨声音柔和、自然、亲切，像是老熟人。

"还需要进理发店啊？我平时都是自己胡乱剪一下，要不就找同学帮忙。"白果有点儿不好意思地说，"洪姨，您的辫子真好看，您自己编的？"

"呵呵，傻孩子……难为你了。我的辫子啊，是跟着电视学的。"洪姨瞥了瞥爸爸，意味深长，"爸爸哪里懂得带女儿去理发店呢？"

爸爸乐呵呵，憨憨的。

"就是啊，洪姨，我爸爸就知道打羽毛球呢，"白果好像有点责怪爸爸，又像是在向洪姨告状，"他哪儿知道这些呀！"

"果果，头发长长了就会分叉，看上去就很凌乱，是需要修剪的，"

洪姨站定了，捧着白果的头发仔细看了看，"确实分叉了。要不，我们买了发箍，找个理发店修剪修剪？"

"好啊好啊，"白果喜出望外，突然想起了什么，赶紧调转话头，"洪姨，不会耽误您时间吧？"

"不耽误，今天是周末，家里的事情早就处理好了，没关系，"洪姨转向爸爸，"白教授，您的时间可宝贵了，有空不？"

"有空有空有空……"爸爸赶忙点头回答。

三个人说说笑笑地来到了一家精品店。爸爸站在店外，笑呵呵看着白果和洪姨手拉手谈笑风生，状若母女。

白果和洪姨好像忘记了爸爸，径直走了进去。

琳琅满目的小饰品令白果目不暇接，有点儿晕乎，不知道从何下手。这些年来她无数次经过这样的小店铺，心痒痒的，手也痒痒的，就是没有勇气进去。她不知道该买什么，甚至也不知道怎么戴。唯恐把自己弄得不伦不类，东施效颦，索性素面朝天。反正是学生，不打扮也不要紧。

"果果，来戴这个试试。你皮肤白，年纪小，戴个红色的发箍，青春飞扬。来照照镜子，呵，看吧，多漂亮啊。"洪姨把白果当作了道具，转过来扭过去，啧啧不休地赞叹着。

白果不好意思盯着自己看，虚晃一眼，感觉确实不错，头发一下子就不干扰自己了，清爽，利落，笑意牢固地镶嵌在脸上眉梢。

"这些发卡好看吧，可以把那些细碎的头发别住，还是小装饰呢。这些孔雀形的发卡多漂亮啊，上面还有水钻，很炫吧？"洪姨随手帮白果别了两个，扭身对店员说，"这种发卡我们要六个各种颜色的，麻烦给包装一下，谢谢！"

"太贵了吧？"白果犹豫了一下，冲爸爸喊，"爸爸，您进来呀！"

爸爸闻声进店，还是憨憨地笑。

"爸爸，您买单哦。"白果懂事地命令爸爸。

"不用了，我来吧，"洪姨笑嘻嘻，"白教授，你这孩子多懂事啊。"

爸爸爽快地掏钱，得意得要死的样子。其实，他心里五味杂陈。妻子去世后，女儿的穿衣打扮一直在凑合。毕竟是女孩子，都爱美，真亏欠了女儿。他内疚。有什么办法呢，他实在不懂，也没那心思。而且，他唯恐女儿把注意力都用在打扮上，耽误了学习。

此时，爸爸看了看白果，仿佛妙手点化，焕然一新，怎么看都青春靓丽，光彩照人。他情不自禁向洪姨投去感激的一瞥，正好和洪姨的目光撞在一起。两人默契地点点头，无语。

## 2

三个人说说笑笑地走出精品店。

阳光，没遮没拦，无牵无碍。秋色，缀饰在清癯的枝头。隐约的人声、市声和此起彼伏的鸟鸣，追随着三个人其乐融融的脚步。

"果果的头发确实需要打理一下，长了点儿，分叉了，每天梳头肯定费劲儿。"洪姨笑吟吟。

"就是，理解万岁！洪姨。"白果无比亲昵地挽着洪姨。

银杏路上的 **白果**

"那就别留长发了！"爸爸笑眯眯。

"您说什么呀？我就喜欢留长发。要是学校没有明确规定，我要让头发长到腰以下。爸爸，按照您的逻辑，如果腿有毛病了，干脆锯掉得了？"白果噘起嘴，出口飞刀。

"你这孩子脑子反应真快！白教授，要是您不忙，我们陪果果去打理下头发？"洪姨试探。

"爸爸，没问题吧。就这样吧，陪两个美女去理发，您多荣耀啊，千载难逢的机会呢。"白果抢过了话头，调侃爸爸。

"遵命！"爸爸假装正经，冷幽默冷不丁又冒了出来。

白果和洪姨笑得摇摇晃晃。

走出天坛公园，他们在不远处的街边找到了一家看上去不错的理发店。

因为是上午，店里没什么客人。一个帅哥理发师为白果服务，笑容真实得如同秋天的阳光。

爸爸坐在椅子上翻看杂志、报纸，心安理得。好多年了，他头一次如此从容地陪谁进理发店。洪姨一直站在白果身边，聚精会神看理发师修修剪剪，生怕出了什么差错。还时不时和理发师寒暄，或者商量设计发型，或者提醒理发师注意遗漏的地方。差不多折腾了一个半小时，总算把白果的头发打理得服服帖帖，看上去清清爽爽。

"哦，完全变了一个人了。"爸爸赞叹。

"怎么样嘛？好看不？"白果站在镜子前，左右端详，急欲得到爸爸由衷的赞美。

# 银杏路上的 白果

"漂亮，真的很漂亮，更漂亮了！"洪姨捏了捏白果的肩膀，笑容怒放。

"要是长长了怎么办？"白果突然变得有点儿弱智，杞人忧天。

"没关系，一个半月到理发店修剪修剪，就可以了。"洪姨柔声细语。

"下次您还能陪我吗？洪姨。"白果满眼期待。

洪姨迟疑了一下，看了看白帆，眨了眨眼睛："白教授，您允许吗？"

"洪姨，不用问我爸爸，您同意就行。"白果冲洪姨撒娇。

"好，我陪你。"洪姨脸上山花烂漫。

"我到时候给您短信哦。您手机号多少？我给您打过来吧。"白果情绪高涨，得意忘形，全然忘记了爸爸的存在。

爸爸看着她们互相保存手机号，笑意弥漫了整个面孔。

不知不觉就是正午了，爸爸提议用餐。

三个人笑呵呵地走进了一

家还算讲究的餐厅。

爸爸让洪姨点菜，洪姨连声推辞，说不熟悉这家餐厅，还说自己是大众口味，没什么忌口。

爸爸没再勉强，认真研究，一口气点了四个，还没有停歇的意思。

洪姨赶紧劝说："白教授，我们就三个人，两菜一汤，一荤一素，就可以了。菜点着是吃的，不是为了好看，没必要铺张，是吧？"

"那怎么可以？怎么也得四五个菜。"爸爸坚持。

"这样吧，先上两菜一汤，不够了，再点，好不好？"洪姨折中。

白果一边玩IPAD，一边捕捉他们交流的信息。奶奶说过，看一个人进餐厅点菜的风格，就知道居家过日子的状态。一个大手大脚的人点菜没数，好像一辈子就吃这一回了。但是，作为主人，不能点得太简单，否则就寒酸了，还有些失礼。

"果果，正是长身体的时候，你得多吃点儿，"洪姨往白果碗里夹菜，"真好，学习成绩那么好，还没把眼睛读近视。"

不管是吃饭还是喝汤，洪姨的声音都很轻微。她的话少了，好像很享受美食。"食不语"，爷爷从小就教育白果。谢天谢地，洪姨没用筷子剔牙。而且，她压根就没当着白果和爸爸的面剔牙。白果有强迫症倾向，总担心谁会在席间做出如此不雅的动作。一个上午有意无意地观察，她至少给洪姨打了九十五分，她就害怕洪姨前功尽弃。一个各方面都还不错的阿姨，千万不能折在用餐礼仪方面。

放下碗筷，洪姨说"对不起，我需要离开一会儿"，径直去了卫生间。返回餐桌，她从手包里拿出一盒薄荷味的口香糖，与爸爸和白果分享。

白果完全被洪姨征服了，眼神不由自主地追随她的一举一动。

爸爸和白果执意送洪姨回家的时候，夕阳正飘飘。

驱车回家的路上，白果兴奋得在副驾上扭动。

"爸爸，您说好奇怪啊，怎么我第一眼就觉得她有点儿像我妈，您说是不是？"白果整个身子侧向爸爸。

"好像是有点儿像！"爸爸咧开嘴，似笑非笑。

"越看越像！您很满意吧？"白果一脸坏笑。

"哪里哪里。你觉得怎么样？"爸爸避实就虚。

"爸爸，您不老实！您老实交代吧，您是不是提前和她见面了？彼此已经非常了解了？您百分百满意了？"白果审问。

爸爸笑而不语。

"沉默就意味着默认了，是吧？爸爸，我这才知道您真是大大地狡猾！"白果捅了捅爸爸，"快坦白吧，她都什么背景啊？你们怎么认识的啊？不然，我不同意，您可就白喜欢了哦。"白果的八卦兴致云蒸霞蔚。

"果果，你这是刑讯逼供？"爸爸的冷幽默又飞了出来。

"说吧，快点儿，急死我了！"白果真的急了。

爸爸顿了顿平缓地说："也算是缘分吧，我们是高中同学……"

"高中同学？"白果瞪大了眼睛，"您继续，我不打断您。"

"高中毕业后，她去南方上大学。起初，我们还有联系。后来，不知道怎么的就中断了联系。"

"然后，您撞到了我妈妈？"白果调侃。

"最近，曾经的一位高中同学牵线搭桥，我们终于联系上了。她大学毕业后分配到了B城，和先生几年前分开了。现在，她在一家聋哑学校做教师……她有一个……"爸爸吞吞吐吐。

"你们高中的时候肯定有那个意思；爸爸您早恋呀！爷爷奶奶不知道吧？我可要揭发，让爷爷奶奶批评您。"白果兴趣盎然，像是在听娱乐新闻。

"你这孩子又没大没小了。我们那时候多单纯啊，男女生很少说话的。"爸爸矢口否认，一本正经。

"除了我妈妈您就没喜欢过别的女生？我不相信！"白果笑得前俯后仰。

爸爸有点儿不高兴了，不再接茬儿。

"爸爸，您好小气。好了，不逗您了。说正经的，这个阿姨我喜欢，您看着办吧。"

"你喜欢就好，我说过的，你说了算。"

"别介，我可担当不起。我还不知道您早就喜欢上了？我祝福你们幸福，有情人早成眷属。"白果推心置腹。

爸爸温柔地看了白果一眼，随手开启了汽车音响。邓丽君甜美的嗓音再度萦绕了小小的空间，"任时光匆匆流去，我只在乎你……"

银杏叶依旧铺天盖地，依旧亮黄无限，银杏路就在眼前……

# 3

星期一一大早，白果和苗苗像往常一样在银杏路上碰头。两个人都顾不上欣赏眼前赤裸裸的美景，心急火燎地寻找着彼此。

苗苗居然没认出白果。

白果用力拍了拍苗苗，苗苗像是被陌生人欺负了，缩了缩身子，满脸不悦，旋即惊喜过望地说："是你啊，你这个大头鬼，鸟枪换炮了？你要当电影明星啊？时尚达人啊，靓丽得要血奔了啊。今天回学校，你肯定要引起轰动的。嘿，还真不错。小发箍小发卡的，很好很好。在哪里买的？空了陪我去买，我的头发也乱糟糟的。"苗苗捧着白果的脑袋，像研究山顶洞人的化石一样看个清楚。

白果来不及回答，两人快速钻进了653路公共汽车，很幸运，居然找到了两个空位置，虽然是最后一排，紧挨发动机，吵得浑身都在膨胀，毕竟，坐着总比站着舒服，两个人好像并不在意。

"真的很好吗？不会太拉风了吧？"白果喜滋滋的，明知故问。

"不会，真的很好。对了，我可还是要提醒你啊，那个女的我觉得可不简单啊。小恩小惠就先把你搞定了，你可别晕了头。'路遥知马力，日

久见人心'呢。"苗苗附在白果耳边，严肃得跟特工似的。

"我就凭感觉，感觉她人不错。我不愿把一个人想得太复杂，能够真心实意陪你，我才不愿意多想她的真实目的呢。"白果还是有点儿不悦，虽然昨天晚上苗苗在QQ里已经表达了类似的看法。她不想再谈论这个话题了，赶紧岔开，"看样子梁思帅是铁了心要做增高手术了。昨天晚上快十一点了，他爸爸打电话找我爸爸，好像想让我爸爸开导开导他呢。"

"也不知他怎么搞的，突然神经搭错地方了？怎么现在才想起来要做增高手术。我在网上查了，好像已经错过了最佳年龄，骨骼基本上定型了呢。"苗苗忧心忡忡。

"是啊，多疼啊。好端端的腿，做什么手术啊？他是不是很自恋啊？只有特别自恋的人才会特别在乎自己的身体。以前怎么没发现他有这个毛病啊？"白果脸色也渐渐凝重了。

"作业写完了吧？昨天晚上我居然失眠了，最近总是失眠，现在好困啊。今天上课肯定要打瞌睡。我讨厌失眠，再这样下去我就得吃安定了。"苗苗哈欠连天，凌乱的头发遮住了一半眼睛。

"那种药有副作用，你可别吃。你就是想太多了，总喜欢把事情往最坏的地方想，越想就越不舒服，影响了情绪，当然就睡不着了。"白果一

把揽住苗苗，"你赶紧靠在我身上睡会儿吧，到站了我叫你。"

苗苗有点儿小感动，赶紧靠在白果身上，假寐。

白果突然收到了手机短信，一大早，会是谁呢?

"果果，记得不要天天洗头发，会把头发洗坏的。头发要是蓬松了，用毛巾浸上热水敷一敷就妥帖了。安心上学去吧。洪姨。"

一股暖流迅速浸润了全身，白果激动得不能自已，赶紧回短信："知道啦。谢谢您，洪姨！"

白果想和苗苗分享巨大的惊喜，但又担心苗苗又会泼凉水，努力忍住了。赶紧转发给爸爸，虽然她知道爸爸可能还没有起床。

路面上堵塞得跟停车场一般，车厢里已经拥挤得怨声四起，轰鸣的汽车走走停停，跟牛拉车一样。白果竟然心安理得，淡定得不像是白果了。白果努力回想洪姨的面孔，时而模糊，时而清晰。像妈妈，既熟悉，又陌生。白果突然很想尽快见到洪姨，恨不得今天下午放学回家洪姨就在家里。

想藏住喜悦确实不容易，笑意悄悄点缀在白果的嘴角。她还是想和谁分享自己的欢乐，下意识看了看苗苗，突然觉得苗苗好憔悴，好可怜。她

暗暗下定决心，一定要对苗苗更好一点儿，少和她斗嘴、抬杠，哪怕是不怀任何恶意的。毕竟，苗苗现在唯一的依靠就是姥姥了。毕竟，白果还有爸爸爷爷奶奶，也许还有洪姨的关心。

# 4

风和沙串通一气，摧枯拉朽般怒气冲冲地杀奔至B城，收复失地般骄矜。B城仿佛一夜之间就进入了冬季，所有的银杏树都被剥蚀得赤条条。银杏路上横陈着枯枝败叶，不复往日的光鲜。B城灰蒙蒙的，放眼便是单调的苍黄。清晨和黄昏，黑压压的乌鸦盘旋在师范大学上空聒噪，声声瘆人。每一个夜晚过后，地面上都会铺满了厚厚一层惨白的乌鸦粪。幸亏乌鸦们偏好在白杨树和梧桐树上歇息，银杏树和银杏路才不至于被污染得面目全非。

这个季节不可能下雨，而且，还没有酝酿好下雪的情绪。空气异常干燥，衣服上"啪啪啪"静电飞溅，和谁握手都容易被电得龇牙咧嘴。握门把手什么的更得格外小心，否则，静电会打得你哆嗦。白果讨厌B城的冬季，讨厌整日裹着厚重的羽绒服跟北极熊似的，讨厌那种把自己包裹得严严实实的窒息感。风沙的气息非常暴戾、坚硬，仿佛触碰到钝器一般。白果不止一次和苗苗闲聊，要是可能，宁愿去南方上大学。

十月的月考刚刚公布成绩，白果又掉了两名。没什么好沮丧的了，自己好像已经尽力了，只能承认确实不如他人聪明。爸爸没问，他知道白果不主动说，自然就没什么起色。很快就是十二月了，期末考试伸手可及。

小考频繁，失败一两次不要紧。期末考试可是衡量一个学期学习好坏的标杆，马虎不得。大多数学生属于小考型选手，平时成绩比较稳定，小考能够发挥正常水平。少数学生属大考型，或者说是超常发挥型，每逢大考就来精神，成绩好得自己都不敢相信，像是放了卫星。根据以往的经验，白果好像属于后一类。白果和爸爸心照不宣，寄希望于期末考试能一飞冲天。

爸爸上学期就接到学院通知，必须在十一月出国参加一个重要的学术会议，需要一个月时间。一个月，乖乖，正值白果期末攻坚，谁来料理白果的饮食起居？

"爸爸，我自己可以照顾自己，您放心去吧，我每天吃食堂就是了。"白果不以为然。

"那怎么可以？食堂的饭菜有什么营养？天天吃食堂哪还有力气学习？"爸爸眉头紧锁，"这个会太重要了，不去又不行。"

"那些大学生不都天天吃食堂，也没见谁营养不良晕倒了啊？您就安心走吧。不就是一个月吗？又不是一年！"白果竭力安慰爸爸。

"爷爷奶奶年龄大了，姑姑要工作，都过不来……"爸爸絮絮叨叨，跟祥林嫂一般。

"爸爸，别纠结了，您怎么也婆婆妈妈了呢？"白果不耐烦了。

"要不，让洪姨晚上来陪你，给你做做饭？"爸爸试探。

"什么？洪姨？您不在，我一个人面对她，好紧张啊！"白果犹犹豫豫，"也行，正好可以深入考察考察她。呵呵，是吧？我当您的卧底。不过，还是有点别扭哦……"白果点点头又摇摇头。

"一回生，二回熟，慢慢熟悉了就不别扭了。要是爸爸和她结婚，你不早晚都得过这一关？"爸爸态度很明确，似乎不容商量。

"那不一样啊，因为有您在啊。不过，您说的也有些道理……要不这样吧，她周六或周日过来一次就可以了。如何？"白果快速做了决定。

爸爸迟疑了一下点点头，说："也行，她周末过来帮你洗洗涮涮，做顿好吃的，改善改善……"

三天后，爸爸心神不宁地出国开会去了。

六天后，周日，洪姨出现在白果身边。

上午十点，洪姨敲门。白果还躺在床上，肚子疼。虽不是那种牵肠扯肚的疼，浑身却像散了架。每月例行倒霉，她就会如此。自然不便告诉爸爸，加上苗苗也有类似的毛病，白果以为这是每个女孩子的通病，并不特别在意。只要多躺一躺，熬过了那几天，雨过自然就天晴。

白果脸色苍白，硬撑着起床，蓬头垢面地去开门。

"洪姨，不好意思，我肚子疼，不舒服，还没起床呢。"白果强打精神，迎接洪姨。

"果果，还没吃早餐吧？肚子疼？赶快躺下吧，别着凉。外面风很大，呼

呼的。"洪姨赶紧扶白果上床，帮白果盖好被子，柔声问，"每个月都这样吗？"

白果虚弱地点了点头。

"有热水袋吗？"洪姨问。

白果指了指床头柜。

洪姨总算从一大堆杂物中找出了一个陈旧的热水袋，不慌不忙地说："你先躺着，我去烧水。"

洪姨很快拎着热水袋回到白果床边，俯下身柔声说："用热水袋来回揉捂小腹，就会舒服很多。"

"谢谢您，洪姨！"白果眼角发潮。

多少年了没人如此贴心贴肺地关心过白果。虽然爸爸对白果已经很好了，但毕竟爸爸和妈妈是不一样的，女儿和爸爸在一起不便触碰某些话

题。

　　"果果，你安心躺着啊，我去看看厨房有什么吃的，给你做早餐。早餐最重要了，多晚都得吃呢。"洪姨笑呵呵折返去厨房忙碌。

　　没过多久洪姨就端着热腾腾的荷包鸡蛋来到白果床边，关切地问："好些了吧？哎，女孩子也不容易呢！"

　　"嗯，这个办法真好，洪姨！好多了，没那么坠胀了。"白果渐渐有了精神。

　　"快吃吧，热热乎乎的，吃了就更舒服了。"洪姨将白果扶靠在床头，"下午等风小些了，我带你去看看中医，最好吃中药调理调理。女孩子这方面得注意，不能拖，千万不能马虎，不然，可能一辈子都有麻烦……"

　　白果努力控制住了激动的情绪，她不好意思当着一个并不熟悉的人的面流泪。况且，打小她就比一般女孩子坚强。

　　等白果终于可以自如下床了，洪姨已把家收拾得整整齐齐。洗衣机兀自工作，厨房里热气腾腾，炖排骨的味道香飘四溢。白果情不自禁咽了咽口水，突然感觉家里生机盎然，角角落落都荡漾着温馨。这种久违的家的味道只不过留存在白果遥远的记忆中，那是小时候在爷爷奶奶身边经常感受到的安然和甜蜜。

　　白果又一次眼圈发热。

　　"果果，记得内衣要分开洗。最好换了就立即洗，不然会滋生细菌，不卫生。不能摸凉水，就用热水洗。"洪姨温柔地唠叨、叮嘱。

　　白果不好意思地点了点头。其实，她从没洗过衣服，内衣内裤都由爸

爸清洗。

待白果把自己收拾得干净利落了，餐桌上已经摆好了三菜一汤，有荤有素，白果的眼睛立即就直了。

"果果，赶快坐下吃吧。"洪姨系着围裙，笑吟吟走出了厨房。

家里多了一个人，白果感觉好像来了一屋子的人，连家具都喜气洋洋。

两个人面对面坐下，一边吃一边闲聊，就像从来没分开过一样。

爸爸做饭速度快，但很简单。除非逢年过节，一般不会超过两个菜。而且他吃饭快，跟打仗一样。白果的速度自然就被带起来了，吃饭好比完成任务，似乎也没有细嚼慢咽的情绪。更多的时候，两个人把菜一分，胡乱吃完了拉倒。在爸爸看来，把饭吃得太精心太繁复无异于浪费时间，不划算。

洪姨吃饭不急不慢，好似品尝山珍海味，陶醉感在眉眼间流淌。白果不由得放松下来。每一个菜色香味俱全，白果吃得有滋有味，感觉比餐厅里做的还好。白果头一次发觉吃饭竟然可以如此从容，甚至还有点儿艺术的感觉。

"民以食为天，再忙再苦再累饭可得吃好。吃舒服了，才有力气去做必须做的事情！"洪姨说，"果果，你现在学习任务紧，身体亏了可不行。这样吧，我每天晚上下班后就过来给你做饭。"

"洪姨，那你多辛苦啊！不用了，我吃食堂就是了。"白果看着洪姨的眼睛，小女生娇态毕现。

"没关系啊，就当是我得每天下班回家给自己的孩子做饭啊！哪个妈妈会嫌给自己的孩子做晚饭辛苦呢？"洪姨一边麻利地收拾碗筷，一边絮叨。

白果本想帮着收拾厨房，但她不会，不知从何下手。爸爸从来不要求白果做家务，只要她好好学习就行。

洪姨忙前忙后，白果过意不去，只好搓着手，跟着洪姨的身影移动，和她说说闲话。

两个人似乎都忘记了外面呼啸的北风，似乎也把远在美国的爸爸给忘记了……

## 5

十一月月考，白果居然上升了两名。虽说不值得炫耀，但总算有所提升，怎么说也是高兴的。爸爸远在美国顾不上过问，洪姨从不过问白果的学习。在洪姨看来，一个能上R大附中的学生，学习还用得着操心吗？白果乐得优哉游哉。

苗苗竟然掉了十多名，心情糟得如同寒流来袭。白果知道不能不顾及苗苗的感受，自然不敢得意忘形。梁思帅居然从前十掉到了中游，看来，他说到做到，若不做增高手术，就一定不会好好学习。唯有章天之一如既往名列前茅，不过，他也并非就让爸爸妈妈省心，好像和五中的一个女生交往过密。几个曾经的死党因为境遇不同，心情迥异，便很少在"一路同行"里聊天。

苗苗的睡眠一直不好，不停地抱怨药店限售安定片。"什么规定啊？

傻不傻啊，想寻死的人你不卖安定就能救他的命？我才不会那么傻呢，我可要好好活着，和我爸爸对抗到底！还有那女的，我也不能让她好过！"

苗苗眼里杀气腾腾，让白果有些不寒而栗。白果不想看见苗苗始终生活在仇恨之中，但又不知该如何安慰她，爱莫能助，似乎只能袖手旁观。

晚上刚吃完饭，洪姨正在拾掇厨房。苗苗打来电话，一开口就哭得说不出话来。

"苗苗，你怎么了？你别哭，慢慢说！"白果抓着电话，抓耳挠腮。

"我姥姥生病住院了……我一个人在家……"苗苗哽咽。

"那你爸爸呢？让你爸爸过来陪你啊！"白果不由得提高了声音，她知道苗苗胆小，不敢独自在家过夜。

"别提他！我恨他！不想见到他！"苗苗近乎歇斯底里。

白果哑然，呆呆地抓着电话不知如何是好。

"让她来你这里吧，你们正好搭伴儿！"洪姨低声在白果耳边提醒。

总算安抚好了苗苗，白果放下电话，怔怔的，忍不住嘟囔："她姥姥谁看护呢？"

洪姨离开的时候，苗苗正好出现在门口。苗苗视洪姨如空气，径直进了门。

洪姨上上下下打量苗苗，欲言又止。

白果歉意地冲洪姨笑笑，摆摆手，轻轻掩上了门。

"你姥姥一个人在医院？"白果满眼关切。

"有他陪护呢。"苗苗已经平静了。

"看吧，还是有爸爸好吧？关键时刻还得爸爸出马！"白果给苗苗接

了杯开水，竭力打圆场。

"那是他应该做的！谁会感激他呢？"苗苗不为所动地撇撇嘴，说，"刚才那个女的就是你的准后妈啊？她就这样进你家门了？我姥姥说没弄清底细就让人进门，当心引狼入室。请神容易送神难呢！"

白果不想和苗苗争辩，虽然她很想为洪姨辩解几句。白果理了理苗苗乱蓬蓬的头发，心疼地说："苗苗，你……你别跟自己过不去好吗？你这样下去，早晚要垮掉的！今晚你不会失眠吧？"

苗苗眼泪汪汪，不说话。

抓紧写完作业，白果和苗苗躺在床上有一搭没一搭地闲聊，不觉夜已深了。白果有了倦意，苗苗却翻来覆去睡意全无。北风猛烈地拍打着玻璃窗，似乎想要冲进屋内取暖。

"我困了，我要睡了哦。你睡得着吗?"白果翻转身，抓过床头柜上的台历，迅速画掉了今天。"还有三天啊，快了，我爸爸要回来了。"

每天晚上临睡前，白果就在台历上用红笔画上一个圈儿，把爸爸不在身边的那些日子迅速圈掉。自从妈妈去世后，这是爸爸头一次长时间离开白果。白果多少有些不适应，但学习实在是太紧张了，好像没有过多的时间和精力思念他。加上洪姨适时过来填补了爸爸留下的空白，白果还算平静地度过了没有爸爸在身边的日子。不过，临睡前圈掉一个数字，是白果一天中最为惬意的事儿，仿佛爸爸的脚步声已经响彻到了门边儿。

"你爸爸多好啊，心里就只有你。"苗苗仰躺着，眼睛瞪得大大的，"要是……要是我姥姥有个三长两短……我……我可该怎么办？我……我好想我的妈妈……"

苗苗泣不成声，双手遮住了双眼，压抑地抽噎。

"放心吧，你姥姥不会有事儿的，"白果拍了拍苗苗的手，有点儿慌乱，"用心睡，好吗？明天还上学呢。妈妈已经不在了，想也没有用。不如，想想爸爸，和爸爸和解？"

苗苗拼命摇头，终于哭出了声。

白果被苗苗的悲伤感染了，突然也很想妈妈，还想爸爸，忍不住陪着苗苗哭泣。

窗外呼啸的北风吞没了两个女孩的哭声。

哭够了，两个人都平静了许多，但都没有睡意。苗苗突然翻身下床，站在窗前，撩起窗帘的一角，幽幽地说："我希望人死后真的还有灵魂存在，我希望妈妈的灵魂能够回到我身边，当我悲伤的时候我能感受到她的存在……"

白果不由得浑身都起了鸡皮疙瘩，赶紧下床，陪苗苗站在窗前。

"啊，好像在下雪呢。"白果惊呼。

"哦，真的，是在下雪，好大的雪，路面上都白了。"苗苗有些激动，"这么大雪，明天不用上学该多好！"

"你看，雪，预示着吉祥如意。苗苗，你姥姥肯定没事儿的，放心

吧，"白果说，"这是今年的第一场雪呢，也该下了，太干燥了。好美啊。要是雪不融化，一直覆盖着，多好。"

雪花纷纷扬扬，远处的树木，近处的凉亭，很快就银装素裹。偶尔，一辆小轿车缓缓驶过，证明这座城市依旧活着。

苗苗的手机竟然响了，苗苗看了看，不接，将手机摔到床铺上。

手机固执地响着，白果忍不住了，抓起来催促："肯定是你爸爸，接吧，他多着急啊？"

苗苗仍旧置之不理。

白果只好摁了接听键："喂，是苗叔叔吧？苗苗在我家里呢。您放心，她睡了，回头我告诉她啊……"

苗苗无声地流着眼泪。

挂了电话，白果把苗苗拽回床上，努力安慰："睡吧，不早了。你看，你爸爸还是关心你的……"

白果沉入了梦乡：爸爸回来了，妈妈也回来了，洪姨在不远处踽踽独行……

三天后，洪姨和白果去机场迎接爸爸。

洪姨居然为爸爸买了一大束鲜花。

接过鲜花的那一瞬间，爸爸笑得似乎忘记了身边的一切。

白果敏感地发现爸爸的眼神首先落在了洪姨身上，一丝酸涩快速飘过白果的心头……

# 6

爸爸从美国开会回来，好像变了一个人，有事没事都乐呵呵的。白果感觉爸爸像是突然脱掉了化纤质地的外衣，换上了丝或棉质的衣服。以前爸爸对白果也好，但白果总觉得有距离，或者说那是爸爸必须完成的任务，白果很难感受到爸爸的从容和柔软。

仅仅从家中突然多出来的一些东西就能判断，爸爸和洪姨一直在秘密往来。白果曾经笃信量子力学是爸爸的生命，甚至是唯一。现在，她惊觉爸爸并非仅仅钟爱量子力学，居然可以腾出时间频频约会？这么多年来，除了打羽毛球，爸爸很少专门、单独陪白果纯粹娱乐，白果的妒意和醋意油然而生，突然就能理解苗苗的某些感受了。

苗苗的烦心事儿够多的了，白果懂得不要把这种负面情绪传染给她。当然，白果不愿让郁闷一直窝在心里，一有空就和奶奶煲电话粥。

"果果，奶奶特别能理解你现在的感受，感觉被冷落了，感觉爸爸被人抢走了，感觉自己很孤单，是吧？"奶奶语音舒缓，不急不躁，"果果，你的这些心理落差非常正常，搁谁身上都是一样的。不过，你听奶奶说啊，爸爸也没做错什么呢。其实，爸爸并不是眼里心里就没有你了。只不过他现在进入恋爱状态了，他只是暂时把你放在第二位了。如果你始终要求爸爸把你放在第一位，那你的要求就太多了，或者说，有些自私。这样说吧，你看，爸爸是奶奶生的，奶奶多喜欢他啊。可是，爸

爸长大了，就不可能眼里只有奶奶一个人啊。有了你妈妈和你，他显然就会把对奶奶的爱分出一部分给你们……果果，你能明白吧？"

奶奶娓娓道来，神似广播电台情感类节目主持人。白果不停地"嗯""是""我明白"。这些问题她以前从没想过，她需要好好儿消化。奶奶像智慧的哲人，白果乐意听奶奶讲道理。

"果果，我们每个人都需要各种各样的感情。父母的爱，兄弟姐妹的爱，朋友之间的友情，还有成年后需要异性的爱情……哪一种感情缺失了都是遗憾。而且，没有哪一种感情可以代替另一种。就拿你来说吧，你妈妈走得早，你是缺少母爱的。虽然奶奶非常非常爱你，但奶奶毕竟不是妈妈，奶奶永远代替不了你妈妈。话又说回来，你爸爸呢，他虽然爱你，但他还需要爱情，你不可能给爸爸爱情，明白吧？

"再说了，你终究要长大，会离开爸爸，会有自己的家庭，到时候你心里眼里也不可能只有你爸爸。如果爸爸认为你变了，认为你对他不好了，你该有多难受啊？你说洪姨很不错，对你好，对你爸爸也好，你爸爸也是这样说的。那多难得啊！都是受过苦的人，能够相遇，把破碎的日子过得有滋有味，不容易啊。因此，果果，你需要好好调整一下情绪，重新寻找你的位置。现在，你们家里不只有你和爸爸了，还有洪姨。你不能只考虑自己的感受，还得照顾他们的情绪。也就是说，多为他们想想。你十七岁了，是大姑娘了，不再是小女孩了，不能太任性……"奶奶苦口婆心，恨不能把所有的人生经验通通塞进白果的意念里。

白果好像明白了，但心头还是坠着沉甸甸的失落。她意识到家庭格局很快就要彻底改变，她害怕自己不能适应。幸亏有奶奶的开解，否则，说

071

不定她就会变成另一个苗苗。她无论如何都不可能把爸爸当作仇人。

"不管怎么说，爸爸找到了爱情，爸爸很开心，我没有理由破坏爸爸的好状态。我得支持他！"白果叮嘱自己。

北风依旧呼呼，B城的大街小巷依旧一片苍黄，苗苗依旧对她爸爸怨气冲天，梁思帅依旧念念不忘做增高手术，白果依旧忙忙碌碌上学放学。除了爸爸，白果身边的一切似乎一成不变。片片撕掉的台历见证着时间的哧溜哧溜，一早一晚白果别无选择地摇晃在银杏路上。银杏树依旧赤条条木愣愣，恰似一根根被风干了千年的枯木，很难相信它们曾经绿叶黄叶婆娑，美得超凡脱俗。

期末考试总算结束了，寒假一不留神儿就到了。

长时间憋在B城，白果非常烦闷。放假前就商量好了，白果去爷爷奶奶家过寒假。爸爸先忙活一阵儿，年根儿前回去陪他们过春节。白果很想和爸爸暂时分开，既可以单独当面听听奶奶的劝告和安慰，又可以提前适应和他人分享爸爸。况且，她明白，没有她碍手碍脚，爸爸的约会自然更自在、惬意。不管怎么说，白果不想一直充当他们的电灯泡。

临行前的那个晚上，爸爸又郑重其事地走进了白果的房间。爸爸无事不登三宝殿，白果大概猜出了爸爸的来意。

这一次爸爸倒是痛快，开门见山：

"果果，这段时间爸爸和你洪姨交往，很多时候冷落了你，爸爸向你说声对不起。相信爸爸一直是爱你的，也永远是爱你的，你在爸爸心目中比谁都重要。"

一向理性有余而感性不足的爸爸，竟然一下子说出了那么多肉麻话，白果自然不好意思了，赶紧打断："爸爸，您别说了，我也没抱怨什么呀。"

白果竟然涨红了脸，她隐约感觉到奶奶提醒过爸爸什么。

"果果，爸爸想了解了解你的想法。这一段时间我和你洪姨有了更多的接触，彼此算是比较了解。你和洪姨也单独生活过，你觉得洪姨这个人怎么样？"

白果果断回答："不错哦，确实不错。"

"哪些方面不错呢？"爸爸刨根问底。

"全方位的，都不错。"白果把玩着《海子诗集》，心猿意马。

"能说具体一些吗？"爸爸追问。

"好像挑不出什么毛病，和她在一起还算自在。对我很好，对您也应该不错吧。得了，我这里过关了。我早就说过了过关了。"白果认认真真地说。

"真的吗？你真这么认为啊？那就太好了，"爸爸不由得提高了分贝，"爸爸也觉得她不错……好像……这样说吧，爸爸准备和她结婚……"

"哦……"白果迟疑了一下，"什么时候啊？我没……意见。"

爸爸把椅子挪了挪，凑近了些，拍了拍白果的肩膀，非常亲

昵："果果，你放心啊，不管爸爸结婚还是不结婚，都不会影响爸爸对你好啊，爸爸保证！"

爸爸像做了错事儿的小学生向老师做口头承诺那样。

白果觉得爸爸这个样子很滑稽，忍不住"扑哧"一声笑了："爸爸，你想结婚你就结吧，别那么过意不去，我说过我不会阻拦。我可不是苗苗，苗苗那人一根筋儿。"

爸爸"呵呵呵呵呵"地傻乐，憨态可掬。他情不自禁掐了掐白果的脸蛋，说："爸爸要兑现诺言，你点头才算数呢。你先回吧，爸爸过些日子就回来陪你们。"

爸爸走出房间的时候，白果发现爸爸的身板直直的，背影好像都被微笑辐射着。不管怎么说，她喜欢这个样子的爸爸。

## 7

天气预报说，清明节，阴，有小雨。

清明节放假三天，为妈妈扫墓，是白果和爸爸必做的功课。

白果一直厌烦B城冬季的干燥，但是，她更厌烦每年清明节前后铺天盖地的阴郁。心情本已沉重，天气竟然落井下石。她巴望气象预报出偏差，今年清明可以换一换色彩。

白果曾经被一个嘲讽天气预报不准确的笑话笑喷过：五个气象预报员，四个预报有雨，一个预报晴，就是经常所说的"降水概率百分之八十"。然而，今年清明那天果真阴雨绵绵，天地间依旧堆砌着冰凉、孤寂的灰白。白果不由得叹服，老祖宗发明的二十四节气实在是太玄妙了，清明时节果真"雨纷纷"啊。

为避开祭扫高峰，白果和爸爸，还有洪姨，一大早就出发了。当爸爸驾驶汽车到达青松公墓的时候，墓地里人迹稀落。洪姨能来为妈妈扫墓，大大出乎白果的意料，心底不由得漾起一波细微的温热。

爸爸的脸色虽依旧木然，但居然不再冷凝。三个人都很少说话，似并不尴尬。多年来白果习惯了这种相对无言，习惯了这深不可测的肃穆与欲说还休。在这个特殊的日子里，这种特殊的表情和氛围无疑是对亡人最好的祭奠。尽管阴阳两隔，不管怎么说，后妈主动拜祭亲妈，多少还是有点儿别扭。

所有祭奠的程序有条不紊地进行，白果和爸爸熟悉得就像每天晚上回家一样。

"给你多烧些纸钱。那个世界若真的存在，你轻轻松松去旅游吧。生前没有时间和财力，你的心愿没有实现，"爸爸一边燃烧冥币，一边幽幽独语，"我把她带来了，你若在天有灵，应该放心了。她，是个好人。她和我们一样，都遭遇了夫妻离散……"

洪姨轻轻将银杏叶标本摆放在妈妈墓前，接过爸爸的话音："果果妈，你放心吧，我会对果果和她爸爸好的。失去了才知道什么东西最宝贵，失去了也就知道什么是珍惜……"

白果竟然泪如雨下。她知道应该对妈妈说些什么，但她还是不知道怎么说。她清楚，从此，她的世界里必然会增添新的内容，爸爸的世界里不再只有她和妈妈。他们的生活已悄然发生了巨变，一切波澜不惊，似水到

## 银杏路上的 **白果**

渠成。一切在预料之中，一切似亦在期待之中。然而，总有一丝似有若无的焦虑和拒斥，企图破坏白果原本透亮的情绪。

清明一过，B城立即就生动了，仿佛终于解除了烦琐的清规戒律，每一口空气里都充满了解禁的清新。大街小巷阴冷犹在，但春的指尖已经迫近门铃。银杏路依旧车水马龙，那些看上去早已枯干的银杏树们竟然奇迹般活了过来。笔直的树干在乍暖还寒的空气里灵动，龟裂的树枝上竟然钻出了新芽，仿佛顽石开花。银杏树们虽不说话，却能在每一个漫长的冬季过后焕然一新。不管经历了多少风霜雪雨，依旧能够保持旺盛的生命激情。

仿佛一夜之间，银杏树们新绿婆娑。不管怎么说，又一个绿意滴答的春天已经来临。

当银杏树们再度阴翳了银杏路，那是B城四月底的一个飘满槐花幽香的星期天，十七岁少女白果目睹爸爸作了新郎。洪姨，自然是爸爸的新娘。

那天爸爸西装革履，头发打理得整整齐齐，下巴刮得青溜溜，精神得令白果妒意顿生。突然就要把这么帅气的爸爸"嫁"掉，平白无故就要送洪姨一个天大的人情，白果心头坠着沉甸甸的舍不得。虽然早已做好了所有的思想准备，白果还是无缘无故滋生出了敌意。总觉得马上就要把爸爸弄丢了，总觉得爸爸立即就会被一个女人抢走。

之前，没有谁和她分享爸爸，她从来没考虑过爸爸是谁的，因此，她并不觉得爸爸原来是如此珍贵。她更加深入地理解了苗苗对爸爸的偏激情绪，虽然她清楚那种情绪是没有道理可言的。

白果不由得想起了她那不知道已魂归何处的妈妈，莫名其妙地替妈妈感到委屈，甚至想替妈妈哭泣。她忍不住抱怨命运不公，是谁不允许她陪着爸爸妈妈一起慢慢变老？为什么？她莫名其妙地迁怒洪姨，莫名其妙地觉得爸爸是个叛徒。

那天洪姨浓妆淡抹，脸上镶嵌着恰到好处的笑容，确实风韵犹存，特别有味道。白果冷眼旁观，始终克制不住挑出她瑕疵的冲动。但是，白果不得不承认，居心叵测的她无功而返，洪姨确实无可挑剔。爸爸多少还有点儿拘谨，而洪姨举止优雅，言语从容。她的风采丝毫不逊色于看上去比平时精神百倍的爸爸。

席间，爷爷奶奶喜上眉梢。

"真般配啊！白帆总算熬出头了。"奶奶和爷爷低语。

白果不想听见这样的夸赞，感觉爷爷奶奶胳膊肘往外拐，感觉自己孤立无援。虽然她知道这是爸爸的大喜日子，无论如何应该送上真诚的祝福。但她拽不住急速下坠的情绪，始终无法让僵硬的表情悠悠荡漾。面对满桌美味佳肴白果自然没有胃口，只顾埋头给苗苗发短信。

白果：好吵啊，困死了，好想立即睡一觉。

苗苗：心情不好吧？早知今日，何必当初？

苗苗戳中了白果的痛处，但白果并不生气。作为多年的朋友，她早已习惯了苗苗的"刀子嘴，豆腐心"。当然，她不想让苗苗小瞧自己，竭力

表现得和苗苗不一样。

白果：我不是不希望他们结婚，他们能组成一个完整的家，挺好的。问题出在我自己这里，我可能太自私了，我不想爸爸眼里没有我。

苗苗：人都是自私的，尤其是在感情方面。多新鲜啦，现在你还想要求你爸爸眼里只有你？好幼稚啊！

白果：555555555……

虽然话不投机，但总算宣泄掉了一部分郁闷情绪，白果感觉舒畅了些，暂时不理会苗苗。恰好，爸爸和洪姨相依相偎过来敬酒，两人喜气弥漫。

这一桌坐的是双方的亲属，按辈分，白果排到最后。爸爸和洪姨端着酒杯环绕在白果身后，不用看，白果也能感应到他们眼里冒出的腾腾热气。白果机械地端起饮料，本能地站起身。那一瞬间她感觉爸爸特别陌生，那是她记忆里从未储存过的爸爸。

"果果，谢谢你，谢谢你的理解、支持。"爸爸拥着白果，贴着白果耳根柔声说。

"果果，洪姨也谢谢你的理解、支持。"洪姨笑意盈盈，理了理耷拉在白果额前的一缕乱发。

白果怎么也不敢相信爸爸会在这种场合感谢自己，她从来不觉得自己多么通情达理，更何况自己这个上午心里一直疙疙瘩瘩，难展欢颜。

这无疑是一份意外的安慰和惊喜，白果的嘴角上悄然扬起了笑意。

"爸爸，我祝你们新婚快乐，白头到老！"白果惊讶自己竟然说得如此流畅、真诚。她仰起脖子，将大半杯橙汁一饮而尽。

　　"果果，喊一声'妈妈'，就会给你改口费呢。"有人起哄。

　　白果的脸唰地红到耳根，低着头盯着空酒杯不知如何是好。

　　洪姨温柔地摁了摁白果的肩膀，白果顺势坐下。

　　"不着急啊，别难为果果了。日子长着呢，不在这一时半会儿。"洪姨眉眼含笑。

　　白果长长地舒了一口气，暗暗感激洪姨。

　　爸爸下意识地掐了掐白果的脸蛋，白果感受到了爸爸不必说出口的亲昵。白果突然非常激动，差点儿就快控制不住自己的眼泪了。恰巧主持人招呼新郎新娘对唱一曲，白果总算远离了聚光区。乘机快速调整好情绪，突然感觉饥肠辘辘，开始认认真真地犒劳紧缩的肠胃。

　　白果这才意识到自己比较伟大，叮嘱自己最好一直伟大下去，千万不能重蹈苗苗的覆辙。

# 8

　　婚礼过后，洪姨正式成了白果家的一员，开始承担起家庭主妇的职责。除了周六，洪姨都围绕着爸爸和白果转。

　　尽管这个后妈是白果亲自挑选的，尽管白果第一眼就觉得洪姨和妈妈有点儿相似，尽管白果不得不承认洪姨面善有亲和力，言谈举止从容、得体，但是，白果对她还是有点儿排斥，甚至偶有敌意。毕竟，洪姨是后妈，不是亲妈。家里突然多出了一个人，感觉空间一下子就逼仄了。洪姨的气息是陌生的，洪姨的声音是陌生的，洪姨的身影是陌生的。白果尽量不和她面对面，尽量和她保持一定的距离。因为有距离感，白果似乎忽略了洪姨做的美味的饭菜，似乎看不见家里的井然有条。

婚礼当天下午，洪姨落落大方地进了家门，就像在这里生活了几十年一样。白果只是礼仪性和她打了声招呼，就把自己关在房间里继续和自己生闷气。她端详着妈妈的照片，想象着许多年前妈妈作新娘时的模样，心里又隐隐作痛。横竖都觉得别扭，又说不出那是怎样一种不舒服的感觉。

白果自然不肯叫洪姨"妈妈"，依旧叫她"洪姨"。即便这样称呼她，白果也感到不自然了。这之前白果喊"洪姨"喊得特亲昵、顺溜，她不明白，现在关系变了，连称呼竟然也变了味儿，甚至还不如在大街上随便叫一个陌生的中年女人"阿姨"来得自在、从容。

爸爸悄悄叮嘱："果果，'不是一家人，不进一家门'。你不要和洪姨生分，对她亲热点儿，最好叫她'妈妈'。她也不容易，刚进入一个陌生的家庭……"

爸爸掩饰不住担忧，一贯的焦虑清晰地挂在眼角眉梢。

"我又没主动找碴儿啊，也没说什么难听话啊！"白果大为不悦。

"果果，你看，你动不动就把自己关在屋里，谁都不怎么搭理。以前，你可不是这个样子的。爸爸……爸爸……"爸爸投鼠忌器，吞吞吐吐。

"可我就是别扭，不自在。所以，我就只好独自待着。再说了，也不知道说什么好。总觉得现在家里和以前不一样了，连说话、走路都不像从前那样自在了……这个，我有什么办法？我又不会假装特别开心，您是知道的呀。我向您保证，我绝对不惹事儿，总可以了吧？"白果明显在赌气，委屈汹涌澎湃。

"……

谈话总是陷入僵局，爸爸叹息，白果也只能叹息。

不管怎么说，白果就是扭不过那根筋儿。为了避免叫"洪姨"时的尴尬和局促不安，白果尽量躲着洪姨，或者尽可能不待在家里，或者一回家就关在自己的房间里。白果甚至开始后悔当初同意洪姨进家门。

当然，时间是神奇的，总能通过朝夕相处来拆除横亘在陌生人之间的铜墙铁壁。随着时间的流逝，白果渐渐习惯了洪姨的气味，渐渐习惯了洪姨的声音，渐渐习惯了洪姨的身影，渐渐习惯了洪姨的存在，甚至默认了洪姨是家里的一员。

现在，白果不得不承认，自从洪姨进了家门之后，家里一下子就干净整洁了。每晚放学回家，都能吃上香喷喷的饭菜。早上再不用进学校食堂了，起床不久，餐桌上就摆好了牛奶、煎鸡蛋、面包，偶尔还有油条、包子什么的。妈妈去世后，爸爸照顾白果确实无微不至，但爸爸终归无法和妈妈相比。洪姨操持家务，白果似乎又找到了当初妈妈在世时的感觉。有时候放学回家，听见洪姨在厨房里忙活，她甚至产生了错觉，以为妈妈复活了呢！看见洪姨那亲切的脸，妈妈的影子就会蓦地在眼前飘浮，白果心里就会再一次隐隐作痛。

银杏树一天天枝繁叶茂，银杏路一日日丰腴婀娜。放学回家的路上，白果和苗苗重又在银杏路上踟蹰。除了肃杀、冷酷的冬季，她们时常在这条路上晃悠、逗留。银杏路是她们的襁褓，是她们稀释郁闷和挥洒兴奋的所在，不期然已延伸进她们的灵魂。

"你和你爸爸关系缓和些了吗？"白果小心翼翼试探。

"那能好吗？那天我打他电话找他，让他给我手机充值，他居然不接！"苗苗怒气冲冲。

"可能他太忙了，没听见呢。或者，手机没带在身边，不在服务区也是有可能的。"白果安慰。

"我觉得他是故意的。我就一直打，打得他手机都瘫痪了。"苗苗自鸣得意，"后来，他乖乖地给充值了。你说他多抠门儿啊，就给我冲了一百块钱！"

"何苦哦？别这样啊，那是你爸爸呢。爸爸总归说来还是爸爸呢，关键时刻还得依靠爸爸呢。就像上一次你姥姥生病，没你爸爸行吗？就发个短信，充值一百块钱得用很久呢。动感地带，短信包月，充多了也白充啊。"白果尽量息事宁人。

"你倒是挺想得开的。对了，你自己呢？她对你怎么样？"苗苗挑了挑眉毛。

"挺好的！挑不出什么毛病来。不过，我就是对她亲热不起来。我真不知道该怎样和她相处，刚开始特别紧张，现在好多了，但还是不是特别自在，就希望能单独拥有那个空间。"

"那是当然滴！毕竟是后妈呀，后妈就是后妈，哪能和亲妈相比？再说了，世界上只有血缘之情才是无条件的，任何一种感情都无法与血缘相媲美哟！"苗苗一脸成熟，仿佛历尽人间沧桑。

……

白果若有所思，觉得苗苗说得相当有道理，不知道该怎样继续说些什么，只能沉默。其实，她压根儿就没打算在洪姨身上寻找母爱，能够和洪姨和平相处不过是不想让爸爸为难，不过是觉得爸爸想成家了就得成家。她现在就盼望着明年高考，争取能到离家远一点儿的地方上大学，就可以顺理成章逃离这个有洪姨存在的完全不同的家。

## 9

市里举行"中学生作文大赛"，白果的《银杏路上的白果》获得了一等奖。

班主任通知白果，颁奖那天同时要举行一个诗歌朗诵会。白果作为一

等奖获得者，被指定上台朗诵一首诗。

星期天，白果在客厅里对着大镜框练习朗诵。她挑选的是印度著名诗人泰戈尔的一首蕴藉哲理的诗篇——《世界上最遥远的距离》。

世界上最遥远的距离

不是生与死的距离

而是我就站在你面前你却不知道我爱你


世界上最遥远的距离

不是我就站在你面前你却不知道我爱你

而是明明知道彼此相爱却不能在一起

世界上最遥远的距离

不是明明知道彼此相爱却不能在一起

而是明明无法抵挡这股思念却要装作丝毫没有把你放在心里


世界上最遥远的距离

不是树与树的距离

而是同根生长的树枝却无法在风中相依


世界上最遥远的距离

不是树枝无法相依

而是相互了望的星星却没有交汇的痕迹

世界上最遥远的距离

不是星星之间的轨迹

而是纵然轨迹交汇却在转瞬间无处寻

觅

世界上最遥远的距离

不是瞬间便无处寻觅

而是尚未相聚便注定无法相遇

世界上最遥远的距离

是鱼与飞鸟的距离

一个在天一个却深潜海底……

　　白果练习了好几遍，但始终无法找到那种声情并茂的感觉。她很沮丧，冲着镜框跟自己着急上火。

　　没想到一直在厨房里忙碌的洪姨系着围裙突然站在白果面前，喜笑颜开："果果，你朗诵的是泰戈尔的诗吧？"

　　"您也懂诗？您也知道泰戈尔啊？"

　　白果瞪大了眼睛，仿佛眼前这个中年女人不是洪姨了。她半信半疑盯着洪姨，感觉不可思议。白果一直没问过洪姨为什么在聋哑学校工作，当

然更无从知道她在那里究竟做什么。每天下午放学回家，洪姨就在厨房里忙活，白果误以为洪姨没上班，一直把洪姨当作下岗女工看待。班上好多同学的妈妈都不工作，白果多少有点儿小瞧洪姨。

"我年轻时还做过文学梦呢，还在一些小报副刊上发表过几篇文章。上大学时，爸爸妈妈逼迫我选择了工科，说文科生就业前景不看好。进大学后，我参加了各种学生文艺社团，一有空就唱歌、跳舞，还写诗……那时候多快乐啊，那时候多单纯啊……"洪姨脸上闪动着光泽，兀自陶醉，仿佛回到了她的青葱岁月。但是，随着那沉重的一声"唉"，光泽倏地消失。

"您还会跳舞？您跳一个给我看看？"白果乜斜了洪姨一眼，想当面考考她。

"好，那我就来个藏族舞吧？哎，现在老了，跳不好了！"洪姨爽快地答应了，快速解下围裙，在客厅里载歌载舞。

白果目瞪口呆，突然觉得洪姨好像变了一个人。

"洪姨，您还真有两把刷子啊！要是穿上藏族服装，那可就更像了呢！"洪姨的表现的确棒极了，白果心悦诚服为洪姨鼓掌，"我想学跳舞，可是我好像没一点儿舞蹈细胞。而且，唱歌也不灵，跑调能跑到西伯利亚去。"

"果果，你这孩子可真逗……不管是唱歌还是跳舞，都属于抒发内心的感情，都需要真情实感。你刚才朗诵诗的时候感情投入不够，之所以感情出不来，是因为你没有理解透诗人所要表达的情感。你得先把诗揣摩透了，理解了诗人抒发的是一种什么样的情感，朗诵起来才能把自己融入进去，才能与诗作交融，才会有感染力……你看，泰戈尔想要表达的是人生中无法回避的某种无可奈何。我们熟悉，但我们却无法心灵相通。我们想彼此珍惜，可我们往往不知道该如何彼此珍惜……"洪姨侃侃而谈，完全沉浸在诗情里，已经摇身一变。

白果突然意识到世界上最遥远的距离，是她和妈妈之间的距离。妈妈曾经那么爱她，可她没感觉到。当她真正感觉到了，妈妈已经无法知道了。她还意识到，世界上最遥远的距离就是爸爸和妈妈之间的距离，明明彼此深深相爱，却阴阳两隔不得不分离。世界上最遥远的距离，就是目前她和洪姨之间的距离。明明生活在同一个屋檐下，明明朝夕相处，但她们中间始终隔着一堵墙。

白果豁然开朗，一下子找准了朗诵的情绪。

在洪姨的点拨下，白果在颁奖会上的朗诵收获了长时间的掌声。

从那以后，白果和洪姨之间有了更多的共同语言。尤其是分享某一首各自心仪的诗篇，成为了她们最为快乐的时光。白果对洪姨自然一点点儿地亲近起来，感觉她们之间的距离正在快速缩短。

白果还是有些迷惑，如此有文化素养的洪姨，怎么貌似沦落成了"家庭妇女"？

第三章　知心无界限

# 1

今年的春天太贪玩儿了，迟迟不愿返回B城。谁都在抱怨天气反常，似乎谁都不能再容忍没完没了的阴冷。刚进入五月，阳光总算不情不愿地拥抱了B城。风，柔和了。空气，柔和了。银杏路上簇拥着的店铺们，也柔和了。银杏树们似一夜之间枝繁叶茂，银杏路似一夜之间生机盎然。绿得透亮的银杏叶清新扑鼻，仿佛某一位粗心的女子打翻了香水。

下午五点过后，阳光依旧热情得过分。白果和苗苗背着书包，咬着冰棍，摇晃在银杏树声势浩大的绿荫里。

"这周末我过生日，我洪姨说邀请你们到我家玩儿。呵呵，又老了一岁哦。"白果故意无病呻吟。

"她居然在家里为你过生日？她不怕麻烦？"苗苗瞪大眼睛，缩着脖子拼命摇头。

"凡是我和爸爸的事情，她好像都不怕麻烦呢。"白果语气舒缓。

苗苗若有所思地喃喃自语："在家过生日当然很自在啊，我还是我妈妈在世的时候在家过过哩。你还记得吧，好像是我上小学五年级那年？"

　　苗苗用力揉了揉眼睛，一声叹息有气无力地跌落在手臂间。

　　"你的睡眠还是不好吗？怎么会睡不着呢？我每天回到家恨不得倒头就睡呢。要是可以，我想二十四小时不打烊地睡。等明年高考一结束，我一定要从早睡到晚，把这些年耽搁的瞌睡全都睡回来。想想就让人激动，这就是盼头啊！"白果眉飞色舞，仿佛明天早上就不用早起了。

　　"你没心没肺，比猪还能睡哦。我要是像你那样神经大条就好了。据说，白痴是幸福指数最高的人群呢。"苗苗神思恍惚，眉眼抑郁，像踩着棉花在走。

　　"我觉得猪也不错呀！你呀你，你就不能大条一点儿吗？你看你，自己把自己折磨得神经衰弱了。不是我说你哦，事情都过去那么久了啊，你的气还消不了？要是你一直这么仇恨下去，你的身体早晚会撑不住的。"白果碰了碰苗苗的书包，苗苗立即歪歪扭扭。

　　"撑不住就撑不住吧，一口气上不来也许就彻底幸福了呢。"苗苗目光空洞，面无表情。

　　白果立即转过身，挡在苗苗面前，盯着她的眼睛说："别胡说八道啊，好好活着多好啊。她，哦，不是，应该是后妈。哎，叫后妈也不好听，算了，你明白滴。反正我洪姨说了，只要是学生就会有学习压力……没有哪一个家庭是一帆风顺的，没有谁的人生是完美的。你看，银杏树又美丽了哦……"

苗苗沉默了。

白果不知道还可以说些什么，只得沉默。

枝繁叶茂的银杏树们始终沉默无语。

"现在我吃一片安定都不管用了……可是，一次最多只能买很少……你能不能帮我买一些啊？"苗苗突然央求白果。

"啊？你说什么？你还真吃那个啊？会有药物依赖的！"白果瞪大眼睛，仿佛撞见了鬼魅，"你该去看看医生，别自己乱吃药哦。"

"要是……要是没有生下我就好了。我有时候挺恨我妈妈，既然要把我生下来，为什么不陪我一起长大？我更恨我爸爸……算了，我不想提他了……要不是想到我姥姥孤单，我……"苗苗耷拉着脑袋，声音也耷拉着。

"苗苗，你越说越吓人哦。不管怎么说，你得让自己好起来，得睡得着才行呢。"白果用力架着苗苗往回走，"苗苗，你要是不介意的话，你抽空可以找我洪姨聊聊天。真的，我觉得她很智慧，懂得很多，说不定她能帮助你呢……"

苗苗不再言语，仿佛已经入定。

白果把苗苗送到楼下，望着苗苗寂寞地爬上楼梯，恐惧感风起云涌。

刚把钥匙插进锁孔，门就开了，洪姨的笑脸夹在门缝中。

　　"果果回来啦。天热了哦，渴了吧？桌上有冰水呢，"洪姨接过白果的书包，亲昵地理了理垂在白果耳际的乱发，"头发该修剪修剪了呢。"

　　白果努力偏头寻找爸爸，没影儿，忍不住小声嘟囔："量子力学，真过分！"

　　当白果正低头认真脱鞋，爸爸冷不丁儿站在跟前，乐呵呵地说："公主放学回家了？没在第一时间迎接你，老臣深表歉意！"

　　自从再婚后，爸爸越来越可爱了，冷幽默随时发作。

　　白果冲爸爸眨了眨眼睛，追着洪姨的身影进了厨房："洪……姨，您知道怎样才能睡着呢？前提是不要吃安定！"

　　洪姨笑盈盈转过身，问："谁睡不着呢？是苗苗吧？"

　　"回答正确，加十分。她现在每天都吃安定才能睡着，她好像……好像……"唯恐捕风捉影，白果赶紧打住。

　　"苗苗竟然吃安定？小小年纪这样怎么可以啊？"洪姨收拢笑意，微微皱了皱眉，"你给她打个电话，我现在就告诉她提高睡眠质量的方法。"

　　白果迟疑了一下，小声说："您跟她说说……也许……效果更好。我现在都不知道和她说什么好了。都是她爸爸闹的，以前她可不是这个样子……她越来越悲观了……好像……好像……"

　　白果噼里啪啦地拨通了电话，笑呵呵地说："苗苗，我洪姨这就告诉你治疗失眠的方法啊，你等着哦。"

白果把话筒递给了洪姨，神情有点儿不自在，隐隐有些担忧。

苗苗不会什么都不说就挂掉洪姨的电话吧？这种可能性是非常大的。

"是苗苗吧？我们见过面的，也经常听果果提到你。是这样的，你睡觉前喝一杯热牛奶，用热水泡泡脚……或者，让你姥姥给你熬小米粥喝……你试试吧，应该很不错的。我以前也失眠，经过调理，慢慢就好了……孩子，安定那东西尽量不要吃啊……"洪姨和颜悦色，就像面对面与白果聊天一样。

白果安静地站在洪姨身旁，满脸满眼的崇拜。

洪姨挂了电话，抚着白果的肩膀，说："果果，这个礼拜天你过生日，苗苗会来吧？我会找个机会，好好和她聊聊。"

"好咧！正合我意。苗苗很多时候一根筋儿，认死理儿。您开导开导她，说不定有用。"白果扭头冲洪姨做了个"V"。

"你爸爸认识她爸爸吗？让你爸爸和她爸爸交流交流，缓和缓和他们父女之间的紧张关系，可能对她更有帮助。只要她不恨她爸爸了，自然就能睡着了。"洪姨下意识瞟了瞟爸爸的房间。

"他们好像不认识吧？"白果摇摇头，"其实，她爸爸现在很害怕她，因为她一见他就嚷嚷，歇斯底里，根本不听他解释……她爸爸只好躲着她。他越是躲她吧，她就越生气……就这样，她和她爸爸之间就打上了死结，没办法解开……"

洪姨一边"哦哦哦"，一边转身进了厨房。

# 2

炽热的阳光快速驱散了躲藏在阴凉处的寒气，暖和了身子的大地仿佛从长梦中惊醒，再一次演绎着枯木逢春的奇迹。星期天一大早，窗前流啭的鸟鸣唤醒了白果。虬枝盘旋的国槐摇曳着鲜嫩的树叶，向透亮的阳光炫耀婆娑的绿意。今天是白果的生日，一周前洪姨就开始筹备。苗苗、彭丹婷、梁思帅和章天之等，早就约定好了聚一聚。学习实在是太紧张了，难得找到一个合情合理的借口放松放松。十七年了，白果头一次在家过生日，头一次有人如此隆重地为她的生日做准备，白果自然难以掩饰从头到脚的兴奋。好朋友们会送什么样的礼物呢？白果每一根汗毛都缀着好奇。不过，她有信心，那一定是一份惊喜，完全出乎意料的那种。

破例没有赖床，白果麻利地收拾好自己。

洪姨正好敲门叫白果吃早餐，随手帮白果清理床铺。

看着洪姨忙碌的身影，白果心头微波徐徐。她本想说"洪姨，您辛苦了"，但嗓子好像被一夜睡眠给封住了。

客厅里已经焕然一新，茶几上摆满了各种各样的零食、水果什么的，跟过年一样。门口整整齐齐摆放了一排排花花绿绿的拖鞋，焦渴地等待客人的光临。白果被又一波幸福推搡，有点儿晕眩。

有人敲门，白果赶紧理了理蓬乱的头发，心想："谁啊，这么性急，一大早就上门儿来，不知道学生都会在周六周日恶补瞌睡啊？"

白果慌忙拉开门，鲜花兀自怒放在眼前。

"是白果家吧？我是快递公司的。"年轻的快递员操一口浓重的外地

第三章 知心无界限

口音。

"是谁……谁送的啊？"白果且惊且喜，似乎不相信眼前的一切，竟然僵立不动。

十七年了，白果头一次收到了属于自己的鲜花。

"我哪知道是谁送的，我只知道是送给白果的。签收吧，我还要去下一家呢。"快递员催促道。

花丛中插着精美的卡片，卡片上写着"果果生日快乐"。白果捧着鲜花，怔怔的，不禁泪花晶亮。一定是苗苗他们送的，这可真是意想不到的惊喜，比惊喜还惊喜呢。

"多漂亮的鲜花啊！嗯，真漂亮！果果，快去洗漱吧。我来帮你把花插进花瓶里。嗯，好漂亮的鲜花啊！"洪姨笑容丰盈，如同她自己收到了鲜花。

十点左右，彭丹婷第一个到了。她身材高挑，头发扎得高高的，看上去很干练。她送给白果一瓶如意星，白果惊叫："婷婷，MY GOD！是你亲手编的？那得需要多少时间？太谢谢你了！"

"我想不出还能送什么给你，你喜欢呀，我就高兴。我心情不好的时候就编如意星，编着编着就忘记了心情不好。"彭丹婷笑容清淡，一副宠辱不惊的模样。

爸爸和彭丹婷打了个招呼，继续把自己关在房间里研究量子力学。

在白果和彭丹婷畅聊的间歇，洪姨悄然坐在了她们身边。

"丹婷，你这孩子不容易啊，阿姨佩服你，继续加油啊！"洪姨轻轻拍了拍彭丹婷的手。

"阿姨，没什么的。我爸爸说，每个人都要面对亲人的离开，要么早，要么晚，"彭丹婷顿了顿，声音平稳，像是在说别人的事情，"我爸爸两年前就查出了癌症晚期，医生说顶多能活三个月。爸爸坚持了两年多，我们已经感觉很幸运了。不过，我爸爸现在情况非常糟糕，可能真的不行了。也许是今天，也许是明天……"

洪姨紧挨着彭丹婷，轻轻握住她的手，认真倾听。

"我爸爸头脑一直很清醒，听说癌症病人都这样。他说医学不是万能的，医学无法再延长他的生命了。实在是太疼了，为了我和妈妈，他一直在坚持。其实，我很想告诉爸爸，放弃吧……可是，我说不出口。我在网上查看了一些资料，国外有安乐死。看到爸爸那么遭罪，我真的愿意他平静地离开，没有任何痛苦……"

洪姨递给彭丹婷一杯水。

"起初，我一想起爸爸的病，就睡不着吃不下。更痛苦的是我妈妈，从早到晚眼泪就没干过。我真担心，她会走在爸爸前面。为了不增加妈妈的痛苦，爸爸努力配合治疗，我努力让自己平静，让自己坚强。那些时候我们坚信有奇迹，但是，病魔实在太凶残了，那么魁梧的爸爸现在只剩下皮包骨头了。除了思想，别的都不是他的了。我叔叔，还有我舅舅，都不敢去医院看他了。他们害怕看见爸爸脱了人形的样子……哎，人一旦病了，就不光鲜了，慢慢就被大家给抛弃了。我妈妈现在好像也做好了爸爸即

将离开的心理准备，眼泪好像也流干了……她说，人没了，就再也看不见了。我们现在得对爸爸好点儿，才能问心无愧。爸爸走了，我们以后想起来就不会后悔……"彭丹婷轻轻叹息，一脸的处变不惊。

白果的眼泪就快漫溢出来了。

洪姨也跟着叹息起来。

"哦，我怎么就说起这些事情了呢？今天白果过生日，应该说些高兴的。好了，不说我爸爸了哦。"彭丹婷努力挤出了一丝微笑，"一会儿我就得去医院，白果，我不能留在这里吃中饭，不好意思哦。"

"没关系，孩子，说吧，说一说，心里就好受些。不要把什么都憋在心里，阿姨知道，你想找人说说都不容易呢，是吧？"洪姨摩挲着彭丹婷的手。

"是啊，阿姨，你说我跟谁说呢？跟同学说，他们大多很难理解的。而且，都在忙着学习，哪有时间听我絮叨？跟我妈妈在一起，最好不提爸爸的病，我们假装爸爸没有病。和爸爸在一起，就更不能说他的病了……说，还是不说，都是事实，都得硬着头皮面对。爸爸说得对，即使他走了，生活还要继续，我们还得好好活下去。"彭丹婷轻轻喝了口水。

"孩子，想明白是一回事儿，完全接受是另一回事儿，是吧？阿姨有过类似的经历，那是一个艰难的过程，一切只能交给时间，让时间慢慢愈合伤痕。阿姨还是非常非常佩服你，毕竟你还小，就明白了很多很多。而且，你确实很坚强，比许多成年人还坚强。你说得对，没办法啊，你必须坚强。爸爸没了，你是妈妈活下去的唯一理由了。你学习好，将来出息了，你妈妈就有希望了……往后，有什么不开心的，有什么不便和妈妈说的，就给阿姨打电话、发短信吧，阿姨是过来人，阿姨虽然不是什么救星，但至少可以理解你，可以给你一些建议……我们每个人虽然是独立的个体，但是，我们并不是孤立的，我们是可以互相帮助，互相提供心理支撑的……"洪姨用力捏了捏彭丹婷的手，"我的手机号果果那里有……"

"谢谢您，阿姨。往后，我肯定会来麻烦您！"彭丹婷说，平静依旧。

白果把洪姨的手机号码飞信给彭丹婷，洪姨起身进厨房继续忙碌，还回头爱怜地打量彭丹婷。

"果果，她好知性哦，还很温柔哦，你可真幸运哦。"彭丹婷贴着白果的耳朵，压低声音说。

白果抿嘴一笑，不语。

3

彭丹婷告辞的时候，梁思帅正好站在门口。

"彭大美女，你怎么就走了？还没吹生日蜡烛呢！"梁思帅一本正经地说，"阿姨好！不好意思，我起晚了。白果，我不是最后一个到吧？"

彭丹婷矜持地为梁思帅让开道："不晚不晚，那两位还没来呢。正好，让阿姨给你做做思想政治工作。你可别不当回事儿啊，阿姨不会说教的，只要你认真听，阿姨真的比那些哲学家厉害。"

梁思帅瞪了瞪彭丹婷："彭大美女，你别拿我寻开心好不好？你有点儿诚意好不好？你这是来庆贺生日？跟送快递的差不多！"

彭丹婷依旧微微一笑，不再接嘴。

"思帅，丹婷要去医院看她爸爸。"洪姨一边递拖鞋给梁思帅，一边冲梁思帅使眼色。

梁思帅赶紧回转身冲彭丹婷挥挥手："你忙去吧，回见。我帮你多吃两块蛋糕，你得感谢我。下个月我过生日，你可得多吃几块儿。"

彭丹婷很快消失在电梯里。

爸爸亲热地拍了拍梁思帅，转身回到自己的房间。

"大寿星，给你的！猪（祝）——你生日快乐啊！"梁思帅板着脸，还是一本正经。

"帅锅（哥），什么呀？谢谢。啊，《郑愁予诗选》？啊！洪姨，您知道郑愁予吧？我刚读过他的一首诗，写得太美了哦……"白果捧着诗集，兴奋得旋转了好几圈儿。

"诗人多半是疯子，果真不假！"梁思帅揶揄，依旧一脸严肃。

"我打江南走过/那等在季节里的容颜如莲花的开落……我不是归人，是个过客。"洪姨一边为梁思帅倒饮料，一边吟诵，自我陶醉。

"阿姨，您还会背诵？您还喜欢诗？果然名不虚传！"梁思帅盯着洪姨，眼里划过一丝光亮。

"我没蒙你们吧？我洪姨能背诵好多诗呢！听你那口气，好像她不应该喜欢诗才对呢。"白果笑呵呵反唇相讥。

　　"女生就是心眼儿多，我哪有你说的那个意思？诗人都是天才，我佩服得五体投地！还可以五十体投地！"梁思帅端坐在沙发上，小老头般严肃。

　　"你有五十体啊？那你就是外星人了！呵呵呵……大叔，你别那么严肃啊……笑神经被切断了啊……呵呵呵……"白果调侃梁思帅。

　　"你们这些孩子可真逗！看看，一个个青春飞扬的，多让人羡慕啊！"洪姨笑意盈盈，随手递给梁思帅一块饼干。

　　"洪姨，如果是您过十七岁生日，您最想要什么生日礼物？"白果歪着脑袋问。

　　"如果我还能过十七岁生日啊，我什么生日礼物都不要，我只要还能过十七岁生日这一个礼物。"洪姨笑嘻嘻道。

　　"阿姨，您可以穿越，穿越到您的十七岁，您就可以再过一次十七岁生日了！"梁思帅接嘴，还是没有笑意。

　　洪姨忍不住笑喷了，用力拍了拍梁思帅的肩膀："你这孩子真逗，像逗哏的。要是真能穿越啊，我还真想穿越回去呢。可是，谁能帮我穿越回去啊？"洪姨脸上荡漾起了久违的天真。

　　"您可以用想象穿越。阿姨，穿越是需要想象的，不能太实际，太实际了就不能穿越了。就像小时候读童话故事，不能去想那个神奇的瓶子就是现实生活中的瓶子，就得想象那不是现实生活中的瓶子，那是个有魔法的瓶子……"梁思帅侃侃而谈。

"你这孩子很有思想啊，男孩子这方面有优势，比女孩子更理性！"洪姨冲梁思帅竖起了大拇指。

梁思帅有点儿小得意，这才勉强笑了笑。

"洪姨，您说他理性啊？他貌似很理性，其实就是认死理儿，顽固不化的那种！"白果冲洪姨诡异一笑，"我不多说了，您应该懂得滴。"

洪姨冲白果使了个眼色，白果心领神会，顾左右而言他，招呼梁思帅吃吃喝喝。

"对了，你们现在都喜欢穿越，你看我理解得正确不正确，穿越故事就是和童话故事差不多吧？"洪姨挨梁思帅坐下，饶有兴趣地刨根问底。

"对啊对啊，差不多的，都是靠想象去完成的！"梁思帅扬起眉兴致勃发。

洪姨："你喜欢童话吗？"

梁思帅："小时候挺喜欢的。"

洪姨："你还记得读过哪些童话故事吗？"

梁思帅："安徒生童话，还有格林童话，读过不少。"

洪姨："《海的女儿》还记得吧？"

梁思帅："大概还有些印象。"

洪姨："小人鱼为什么想变成人？大多数人活不过一百年呢，而人鱼可以活三百年。"

梁思帅："因为人有灵魂，而人鱼没有。"

洪姨："灵魂就那么重要吗？小人鱼竟然宁愿用两百年时光来换得人的灵魂？"

梁思帅："当然重要啊，人如果没有灵魂那就不是人了！"

洪姨："你的意思是，对于人来说，灵魂才是最重要的？"

梁思帅："当然！"

洪姨："人可以改变自己的灵魂吗？"

梁思帅："当然可以！"

洪姨："怎么改变呢？"

梁思帅："学习啊，工作啊……读书啊……做好事儿啊……"

洪姨："拥有高贵的灵魂，应该是人的最高追求吧？"

梁思帅："当然。"

洪姨："可是，有的东西人是无法改变的！"

梁思帅："什么？"

洪姨："比如，我们自己的身体。高或者矮，丑陋或者英俊，那是基因决定了的……"

梁思帅："那些也是可以改变的。现在整容手术很发达，现在很多明星都整容。还可以做增高手术，还可以手术减肥……还可以……高科技可以改变一切……"

洪姨："既然拥有了最重要的东西——灵魂，何必还在乎外表呢？"

梁思帅："……"

洪姨："什么样的外表才是最佳的呢？每个人都有不同的审美标准。现在很好看，是很流行的那种好看。可是，过了五年，就不流行了，怎么办？你看杨贵妃是中国古代四大美女之一，要是放在现在，她还是美女不？"

梁思帅："……"

洪姨："你还记得《丑小鸭》吧？"

梁思帅："嗯。"

洪姨："丑小鸭真的丑吗？"

梁思帅："在鸭子们眼里，它确实是丑的。"

洪姨："丑小鸭觉得自己丑吗？"

梁思帅："这个……起初，它觉得自己丑……"

洪姨："它为什么觉得自己丑？它可是美丽的白天鹅呢！"

梁思帅："因为鸭子们都说它丑，它就相信自己丑了！"

洪姨："事实上完全不是鸭子们所说的那个样子的，对吧？要是可以整容，丑小鸭会不会动整容的念头？"

梁思帅："完全……有……有可能……"

洪姨："可是，它能整成什么样子？照着鸭子的模样整？"

"哈哈哈，那不就越整越难看了？"白果总算插上了话。

梁思帅："……"

洪姨："一个真正成熟的人知道自己的存在价值，不会因为别人的眼光而轻易改变自己，更不会轻易否定自己！我们需要做的是改变我们可以改变的，而不应该把主要的精力用在不必去改变的事情上……姚明很高，但如果不打篮球，那么高多不方便啊？买一件衣服都很困难，什么东西都得特制。体操运动员都不高，高了就练不了体操了。他们谁会因为自己个子矮而自卑呢？"

梁思帅："……"

"嗯，陈一冰，还有小胖子冯喆，微博粉丝上千万呢。尤其是那个小胖子冯喆，妙语连珠，幽默得可以说相声了。都说小个子有大智慧哦！"白果急于表达。

梁思帅："……"

洪姨："我在你们这个年龄的时候，特别喜欢山口百惠。可是，几十年过去了，你们谁还知道她呢？现在世界政坛那可是小个子的天下呢。法国总统萨科齐，也就一米七。俄罗斯总统梅德韦杰夫，也只有一米六八。因为人种的差异，这些大人物在西方高人如林的世界里，是不是显得有点儿矮？可是，身高根本不影响他们名扬天下呢……"

梁思帅："……"

有人敲门，伴随着山呼海啸般的"开门啊，快开门啊"。

"是章天之。劫匪来了！"白果和梁思帅异口同声。

洪姨和爸爸招呼了章天之后，同时转身走开，把偌大的客厅留给了三个少年。

"你还真磨蹭啊？约会去了？"白果的笑意意味深长。

"嘘，不八卦就得死啊！？"章天之做了个闭嘴的手势，压低声音。

"当然啊，不八卦多没意思！怎么不带她一起来过生日？"梁思帅一本正经。

章天之用力捶打梁思帅，骂骂咧咧："去死吧你！"

"是啊，带她一起来过生日多有意思，正好我们可以认识认识呢。"白果煽风点火。

"我说你们这些人怎么回事儿？太复杂了！只能用一个字来概括！"

章天之痛心疾首。

"俗！"白果和梁思帅异口同声。

"去去去，一丘之貉！你们怎么也跟家长们一样俗气了？其实，我们就是普通的朋友！知道吗？普通的朋友！跟你们一样的普通的朋友！"章天之恨不得诅咒发誓。

"是是是，普通的朋友，你自己也相信？"梁思帅正襟危坐，言语冰冷。

白果继续不怀好意地大笑。

"你说话别阴阳怪气的行不？还有你，有什么好笑的？笑点可真低！跟大笑姑婆似的！"章天之奋力反击，"不是普通朋友，那还能是什么？我成绩没下降吧？你们去打听打听，哪个早恋的学习成绩不退步？"

"你这是什么逻辑？"白果不屑。

"章氏逻辑之没逻辑！"梁思帅推波助澜。

"我爸爸妈妈一口咬定我早恋了，严防死守，我像犯了罪一样。你们可得记住了，要是问起你们，你们可不能混淆黑白落井下石，记住没有？"章天之指指点点。

"给多少封口费？"梁思帅冷眼旁观。

"做伪证是犯法的！"白果捂着嘴笑。

"55555……我终于明白什么叫'众口铄金，积毁销骨'了！要是真带她来，我可真就是'跳进黄河洗不清'了！"章天之似乎如释重负。

"跳进黄河本来就洗不清！你跳错地方了！"梁思帅虎着脸。

"跳长江也洗不清，长江现在也成黄河了。呵呵……"白果趁火打劫。

"白富美，给你的，生日快乐！"章天之递给白果一盘精装的CD，"拿人家的手软，你就别跟着这小子起哄了，求你了，白富美！"

"汪峰啊？谢谢谢谢！哦，我今天发财了。要是天天都过生日就好了！"白果喜上眉梢，"这就是封口费啊？"

"贪得无厌！"梁思帅面无表情。

"9494，想得美。谁不想天天过生日呢！"章天之附和。随手打开了IPAD，挤了挤梁思帅，"我们来玩游戏。苗苗怎么还没来？还有彭丹婷呢，女的就是磨叽啊！"

很快，两个男生沉浸在游戏世界里，把白果晾在一旁。

白果正欲进厨房看看洪姨在忙碌什么，电话铃响了。

"是苗苗，肯定是苗苗！"白果冲向电话机，拿起话筒就嚷嚷开了，"苗苗，你快过来啊，就差你了！"

"白果，你快来我家，苗苗快不行了！"苗苗的姥姥拖着哭腔，声音苍老，如同寒风肆虐后枯枝和枯叶的相向哀鸣。

"苗苗……苗苗……"白果失声痛哭。

## 4

病房里很安静，安静得似乎能听见生理盐水的滴答。

苗苗无声无息地躺着，身上插了好几根管子。她刚刚洗了

胃，还处于昏迷状态。

苗苗的姥姥说，昨天晚上苗苗写作业写到很晚，睡觉前还喝了一杯牛奶。苗苗向来不喜欢喝牛奶的。今天早上苗苗的房门一直没打开，姥姥心疼她，想让她多睡一会儿，也没多想。快十一点了，苗苗还没动静，姥姥才发现怎么也叫不醒她了。

多亏白果第一时间就判断出苗苗吃安定自杀的企图，虽然送到医院的时间比较晚，总算是对症下药，苗苗暂时没有了生命危险。

"我一直不知道她在吃安定，她什么时候攒了这么多安定？"姥姥哆哆嗦嗦絮絮叨叨眼泪汪汪，"我可怜的苗苗哦，你过得不容易哦。要是你妈妈还在，你绝对不会弄成这个样子。都怪你那狠心的爸爸，都是他把你逼的。你要是有个三长两短，我要和他们拼命！"

苗苗的姥姥数落苗苗的爸爸。

苗苗的爸爸呆立在苗苗床头一声不吭，满脸苦大仇深，浑身狼狈不堪。

"大妈，现在救人要紧，您平静些啊。别指责谁了，孩子出了事儿，都不好受呢，都不容易呢。"洪姨拽着苗苗姥姥的手，柔声安抚。

"那孩子打小心就重，她妈没了，她爸又那么绝情，她能不轻生吗？搁谁身上也受不了啊。都是她爸爸折腾的！吃了那么多安定，要是有个后遗症，我可怎么活哟！"姥姥紧靠着洪姨悲悲戚戚。

"苗苗可能是睡不着，不小心多吃了安

108

定。孩子还小，不会寻短见的！"洪姨宽解苗苗的姥姥，"大妈，您别那么悲观啊。医生说了，没事儿的，休养几天，就会好起来。大妈，这里有白果，还有白果爸爸和苗苗爸爸，我们去走廊那头清净一会儿。这里人太多了，您心脏不好，千万别着急啊。"

洪姨搀着苗苗的姥姥离开了。

苗苗的姥姥一步三回头。

两个人在走廊尽头找到了安静的位置。

"多亏您了哦，苗苗要是能碰上您这样的好后妈就好了，她没那个福气啊。哎！"姥姥自怨自艾。

"大妈，您别这么想哦……其实，我也有不好的一面。我要真给苗苗当了后妈，说不定您就不会这么看待我了，是吧？"洪姨讪讪地笑笑。

"那倒是！远香近臭嘛！"苗苗的姥姥点了点头。

"大妈，您看啊，苗苗爸爸已经再婚了，您肯定不会去拆散他们吧？"洪姨试探着问。

"那是那是。宁拆十座庙，不毁一桩婚，这个道理我懂。"苗苗的姥姥平静地说。

"嗯，大妈，您是个明理儿的人。您看，他们都走到这一步了，您就默认了，从心里接受他们，不再生他们的气，他们回过头来一定会感激您的。"洪姨凑近了些，贴着苗苗姥姥的耳朵说。

苗苗的姥姥不言语了。

"伸手不打笑面人，您不恨他们了，他们自然就会想到报答您。这个我是有体会的。您看，白果现在对我还是挺亲的吧，虽然我们相处的时间很

短。因为当初她爸爸说了，白果同意，我们才能结婚。没想到那孩子接受了我，我还真的感那孩子的恩呢。因此，我对她就更加尽心尽力。人心都是肉长的，你对她好，她反过来也会对你好。"洪姨脸上漾起了幸福的浪花，"苗苗爸爸也不容易，一个大男人，突然没了老婆，很孤单，找一个人也就有了情感寄托。您知道的，男人其实内心都很脆弱，需要人照顾，需要人哄着……"

"嗯，您说得有道理。我不是反对他再婚，我是接受不了她妈妈刚走不到半年，他就结婚了！"苗苗的姥姥开始抹眼泪。

洪姨递给苗苗的姥姥一张手巾纸。

"嗯，这个嘛，他们确实考虑得不够周全，是着急了点儿，是他们做得不妥当。话又说回来，也没错到不能原谅的地步……眼下，最重要的不是和苗苗的爸爸翻老账，不是和他们对抗到底。毕竟是一家人，打断骨头连着筋。翻老账是翻不清的，得往前看。苗苗心里一直有个结，这个结一天不打开，她就不可能健康成长。她那么小，就失眠神经衰弱。眼看就要高考了，耽误了升学，可就耽误她一辈子了。"洪姨苦口婆心。

"都怪他……"苗苗的姥姥咬着牙根儿，眼含仇恨。

洪姨赶紧打断了苗苗的姥姥："大妈，现在还去追究该谁负责有什么用？现在最要紧的是帮助苗苗打开心结。"

苗苗的姥姥点了点头，着急地问："怎么才能打开苗苗的心结？"

"这就需要我们大家共同努力哦。您，她爸爸，她后妈，还有白果，当然，我也可以出一份力……"洪姨喜出望外。

"那需要我做什么？只要苗苗能好起来，我做什么都愿意！我不为她活着，我还活个什么劲儿呢？"苗苗的姥姥顿时来了精神，紧紧抓住洪姨的手，恨不得立即得到锦囊妙计。

"大妈，这可是您说的，为了苗苗，您做什么都愿意？不许反悔！"洪姨故意卖关子。

"我都这把年纪了，还说话不算话啊？您放心！我不是不知道好歹的人！"苗苗的姥姥急欲表白。

"那就好！大妈，从现在开始，您就得心平气和地对待苗苗她爸爸和后妈，就当是什么都没发生，不再指责他们，和他们和和睦睦地来往。尤其是不要当苗苗的面说他们不好，您给苗苗的负面情绪越多，苗苗的心思就会越来越重……不是我吓唬您，苗苗的心结一天不打开，再次寻短见完全是可能的……苗苗可怜呢！"洪姨长吁一口。

苗苗的姥姥又开始抹眼泪。

"我知道了，谢谢您！我知道该怎么做了。以前，我确实一直在苗苗面前说他们不好，还要求苗苗对他们凶一点儿，不要让他们过上好日子……我也是一时气不顺，就是想出出气，没想到苗苗就往心里去了……都怪我！"苗苗的姥姥拍打着脑袋，懊悔不已。

"大妈，您也别自责了，您那样做也是可以理解的。既然都出了气了，总不能一直气下去吧。你让别人过不好，你自己未必就能过得好。是吧？苗苗能不能打开心结，您是最最重要的因素。因为您和苗苗朝夕相处，您最了解她，您的情绪最能影响她。我们再关心她，哪能和您相比呢？"洪姨说。

"那倒是！"苗苗的姥姥频频点头。

　　"苗苗爸爸那里，我也会和他谈谈，得让他意识到自己确实有做得不妥当的地方。"洪姨说。

　　"其实，她爸爸道过歉的。那时候我们横竖想不通，根本不接受他的道歉。要说起来，她爸爸人真不坏，很有责任心。现在虽然不和我们住在一起，钱啊什么的，是从不含糊的。我上次生病，还多亏了他。"苗苗的姥姥语气温和了。

　　"是啊，家里有个男人，那就有依靠呢。"洪姨顺水推舟。

　　这时，白果突然兴奋地跑了过来，抓住洪姨的手激动地说："苗苗醒了，苗苗没事儿了。"

苗苗的姥姥和洪姨"噌"地站了起来。

白果突然扑在洪姨怀里哭得瑟瑟发抖……

# 5

苗苗面色苍白，虚弱得说不出话，眼泪如泉涌。

"苗苗，你好糊涂哦。我们不是约定了啊，要做一辈子的好朋友，你怎么可以食言？"白果握着苗苗的手抽泣。

洪姨赶紧劝开白果。

苗苗的姥姥坐在苗苗跟前，抚摸着她的手说："苗苗，都是姥姥不好，姥姥不该教唆你和爸爸过不去。其实，是姥姥小心眼儿，你爸爸其实挺好的。你看啊，没有爸爸，我们怎么生活？爸爸就是爸爸，爸爸是心疼你的。都怪姥姥小心眼儿，是姥姥把你折磨成这个样子的。苗苗，从现在开始，我们都不恨爸爸了，我们一家人好好过日子，就像从前一样，好不好？"

苗苗抽泣，轻轻点了点头。她微微扭了扭头，好像在找寻谁。

"苗苗，是爸爸不好，都是爸爸不好。只要你重新接受爸爸，爸爸可以放弃……一切……"爸爸凑到苗苗枕边，哽咽难语。

洪姨牵着白果的手，轻轻走出了病房。

"苗苗的姥姥怎么突然就完全变了样儿？她好像原谅苗苗的爸爸了，这下可就好了。苗苗的姥姥接受了苗苗爸爸，苗苗自然就原谅她爸爸了，"白果好奇地打量着洪姨，"您用的什么灵丹妙药，竟然可以让顽石

开花？"

洪姨莞尔一笑："你这孩子，我哪能妙手回春？还不是她自己醒悟了，我不过是点了点她。解铃还须系铃人，苗苗家的事儿，主要是她姥姥挑起的。她姥姥的态度一变，她家里的气氛就缓和了。"

"好可怕啊，洪姨，苗苗居然会自杀。"白果紧紧抓住洪姨的手，禁不住打了个激灵，好像撞见了灵异。

"你可别到处嚷嚷苗苗是自杀，就说是睡不着，不小心多吃了几片安定。女孩子家家，小小年纪就寻死觅活的说出去不好听。"洪姨压低声音叮嘱。

白果"哦"了一声，点了点头，长长地舒了一口气。

白果无论如何不会想到，她的十七岁生日竟然过得如此惊涛骇浪。

白果突然动情地说："洪姨，你可以开个心理诊所！"

洪姨刮了刮白果的鼻头，"呵呵呵"不说话。

离开医院，回到长长的银杏路上，白果突然问洪姨："快递给我的鲜花，是您买的吧？"

起风了，银杏树们在风中翻滚，好像在热烈地鼓掌……

114

# 第四章　叫您一声"妈"

# 1

　　仿佛微风轻轻掠过发梢，B城的春天就不见了影踪。人们还没来得及翻出长袖衬衫，盛夏就肆无忌惮地开始炫耀滚滚热浪。银杏路终日烦躁不安，银杏树似乎受到热浪的怂恿再度遮天蔽日，展现出新一轮坚定的成熟。又是黄昏，夕阳火红得好似骄阳。风，像是被蒸煮了一般发烫。白果和苗苗踩着银杏树厚实的浓荫，消磨着每天放学后难得的片刻悠闲时光。

　　"我爸爸给我道歉了，非常诚恳。"苗苗语气愉悦，眼波荡漾。

　　白果"哦"了一声，继续在浓荫里踱步。

　　"爸爸说妈妈突然去世，他心里出现了一大片空白。到处都是妈妈的影子，整夜整夜睡不着。我可是尝够了睡不着是啥滋味哦。爸爸说他之所以很快就结婚了，就是为了转移注意力，好让自己能够睡个安稳觉。要是爸爸早就这么说，我早就原谅他了。看来，没有了妈妈，爸爸也过得不容易！"苗苗自怨自艾。

　　白果依旧"哦哦哦"地应承。

　　"不和爸爸怄气了，我心里压着的石头突然就搬开了，感觉从头到脚都轻松了。呵，真轻松哦！每天晚上一写完作业，倒头就呼呼大睡。早上要不是闹钟叫唤，哪能醒得来？真不明白我前段时间怎么就睡不着！"苗苗脚步轻盈，语气轻灵，"现在想想都后怕，我怎么敢一次吃那么多安定？要是没醒过来，那可怎么办？"

"你倒是顺畅了，我的麻烦可就大了。"白果终于说话了，每一个字符里都浸泡着沮丧。

"不就是期中考试考砸了？你也真是的，怎么不小心考了个倒数第二？你这段时间没学习？是不是太迷恋诗了？真的想当诗人啊？"苗苗快人快语。

"怎么没学啊？上课认真听讲，课后按时完成作业，还能要求我做什么？我要是能找出考砸的原因，我也就能自我安慰一下下了。"白果用力跺了跺脚。

"运气不好呗，点儿背呗，阴沟里翻船呗。没关系，没关系，不过是一次小考试而已，期末考好点儿就是了。"苗苗轻描淡写地安慰。

"说得多轻巧啊，期末考好点儿？拿什么去考好点儿？好像别人都不学了，都让着我考好点儿？我感觉自己确实和以前没什么不同啊，老天啊，怎么就倒数第二了呢？我崩溃！回家怎么找我爸爸签字啊？他不被吓傻才怪

呢！"白果苦不堪言。

"其实，我也好不到哪里去，也只是原地踏步哦！不过，终于不再失眠了，期末考试肯定会好些。"苗苗拍了拍白果的书包，安慰道，"我们互相监督啊，学习的时候不分心，一门心思放在学习上，肯定会进步的！"

"你还挺有雄心壮志的，佩服佩服！以前老师们说男生后劲儿足，我还不以为然呢。你看章天之和梁思帅那两个家伙，晃晃悠悠就前十名。我算是明白了什么叫差距。"白果好像自甘认输。

"嗯，梁思帅上个月月考那么糟，看来确实是故意的。对了，真是太阳打西边升起来了，他居然放弃做增高手术了？是谁让他的神经恢复正常的？"苗苗的八卦情绪骤然高涨。

118

"洪姨和他谈过心，看来，他觉得洪姨说得有道理，"白果眉头舒展了一点点儿，"听人劝，吃饱饭啊。"

"哦，看上去你是真遇见了好后妈了。不过，路遥知马力，日久见人心呢，是不是真的好，那还需要更多的时间去检验，"苗苗提醒，"等我再调整调整，找个机会见见我那个后妈。"

"洪姨对我和爸爸确实很好，应该是不可能更好了。"白果发自肺腑地说。

蒸腾的热浪阻挡了白果和苗苗继续溜达的脚步，她们不约而同想回家。不用说，她们渴望赶快用冷气驱散钻进每一个毛孔的暑气。

## 2

家里居然没有人，白果如释重负，长长地舒了一口气，一晌贪欢。

白果胡乱喝了半听冰镇可口可乐，虽然倦意弥漫，但她还是强迫自己认真写作业。考砸了就得有个上进的姿态，哪怕是装样子。成绩单需要爸爸签字，这一道难关白果今晚无论如何都得闯过。

白果一边写作业，一边支起耳朵听门外的动静。大约过了半个小时，爸爸和洪姨居然携带着一身浓重的药味儿同时回了家。

爸爸恢复了一贯的面无表情，洪姨则满脸憔悴，笑得有些勉强。

白果嗅出了气氛不对味儿，难道他们已经知道了可怕的倒数第二？白果心猿意马，惴惴不安。不到万不得已，她没有勇气自揭伤疤，只得被迫强作镇静，一声不吭，以不变应万变。

晚餐破天荒很简单，三个人吃得都很潦草。爸爸破例去洗碗，洪姨破例早早就躺下了。

白果本想问问洪姨哪里不舒服，因心里有事儿，殊为忐忑，唯恐言多必失，只好啥都不说，尽快藏匿进自己的房间。

作业写得魂不守舍，白果不停地开小差，不停地琢磨该怎么对爸爸说，该怎么承受爸爸那阴郁的脸色和沉甸甸的叹息。

接近十一点了，白果总算写完了作业。家里安静得跟冰冻了一般，客厅里黑乎乎的，爸爸还在书房里用功。

白果捧着成绩单，蹑手蹑脚站在爸爸书房门口。

爸爸居然在上网，全神贯注，浑然不觉身后有人。

犹豫再三，白果终于豁出去了，叫了声"爸爸"。

"嗯？你还没睡？什么事儿？"爸爸扭头，满脸惊讶。

"爸爸，给，需要您签字！"白果板着面孔，不敢看爸爸的脸。

爸爸接过成绩通知单，瞥一眼，脸上立即阴云密布。

"什么？你居然全班倒数第二？倒数第二？你都干什么了？"爸爸声音骤然飙升，猛地推开椅子，"嚯"地站了起来。

白果本能地后退了两步，屏住了呼吸。

十七年来，爸爸头一次冲白果大光其火。白果不寒而栗。

"整天啥都不让你做，十七八岁的姑娘了，还衣来伸手饭来张口，就考成这个样子你自己好不好意思？以前嘛还可以说我对你照顾不周到，自从有了你洪姨，生活起居样样都为你打点好了……不强求你突飞猛进，也不是不允许你倒退，可你倒退得也太离谱了，跟倒数第一有什么区别？"爸爸青筋暴突，痛心疾首。

预想过N种情形，白果绝对没想到爸爸会如此暴烈地骂她，猛地变成了另外一个爸爸。十七年了，白果好像还没受过爸爸的委屈，她自然无论如何接受不了。况且，白果一直觉得自从爸爸娶了洪姨后，爸爸对自己的关心就打了不少折扣，对自己疏远了不少。白果越想越气愤，越想越伤心，眼泪瞬间飞溅。

白果猛地转身，冲回自己的房间，呼的一声撞上了门。

哪想到爸爸不依不饶，立即追过来，狂怒地推开了白果的房门。

"你这是什么态度？          你还委屈了？你来的哪门子的委屈？你还敢甩门？你甩给谁          看？你还有脸哭？太不像话了！赶快写个保证，下一次要是还考成这个样子，那可绝对不行。"爸爸尽管已经很努力地压制着火气，还是被愤怒的火苗燃烧得抓狂。

白果扑在床上哭得天崩地裂。

白果悲愤欲绝：这哪里是一向疼爱白果的爸爸？分明就是要吃掉白果的怪物。最最让白果吃不消的是，爸爸竟然毫不退让，执意让白果写保证书，而且就是在现在。还说保证书写得不好，就不准睡觉。白果伤心到了极点，隐藏了多年的倔脾气死灰复燃，说什么也不肯向爸爸低头。

父女俩彼此虎视眈眈，像两只斗红了眼的公鸡，喘着粗气，不说话，僵持不下。

洪姨悄然出现在父女俩面前。

"老白，你冷静点儿，果果毕竟还是孩子。这次考砸了，期末考试考上去就是了。这么晚了，就让果果先休息吧，明天还上学呢。"洪姨一边揉着惺忪的睡眼，一边把爸爸推出了白果的房间。

总算是有人解围，总算是找到了台阶儿下，爸爸的脸色虽然还板结着，但不再言语。

等安顿好了爸爸，洪姨敲开了白果的房门。

"果果，委屈得很吧？你爸爸是不是从来没这么凶过你？你爸爸今天心情不太好，加上你确实考得不好，所以……你也要理解爸爸的一片苦心。天底下哪个做父亲的不希望自己的孩子成才？你爸也是为你好。你考不好，他比你更难受。而且，他总觉得对不起你妈妈……今天太晚了，什么都不说，什么都不想了，好好睡一觉。过几天，爸爸的气消了，你也想明白了，和爸爸谈谈。父女俩不应该隔心，更不应该彼此仇恨。跟爸爸说你一定会努力，爸爸呢保证以后不会再对你发那么大的脾气……"洪姨柔声安慰。

白果突然觉得爸爸好陌生，陌生得完全不像爸爸，完全像劫匪什么的。

要不是洪姨打圆场，真不知道白果和爸爸的冲突该如何收场。

头一次和爸爸正面交锋，白果无法接受爸爸的暴戾，也无法接受自己歇斯底里的号哭。

白果百感交集，情不自禁扑在洪姨怀里哭得荡气回肠。

洪姨的怀抱很温暖很安全，就像白果遥远记忆里的妈妈的怀抱。自打妈妈去世后，白果就没能像这样恣肆、舒服地哭过了，也没再扑在谁的怀里撒过娇。霎时间，白果觉得洪姨真好。幸亏有了洪姨，要不然这个夜晚该怎么度过？

白果突然很想叫洪姨一声"妈妈"，但没好意思叫出口。不过，她觉得和洪姨的心贴得更近了。她更加笃定，叫洪姨"妈妈"应该是迟早的事儿。

### 3

因为闷热，还因为头一
次和爸爸发生了剧烈冲突，
白果自然没睡好。一大早不
情不愿睁开眼睛，感觉头有千斤
重。委屈还窝在心里，白果的脸色
自然相当难看。她蓬头垢面地在自己房间
里转悠，看见什么都气咻咻的。

白果鼓足勇气走进客厅，居然是爸爸在为她准备早餐，却不见洪姨的身影。白果有点儿诧异，旋即视而不见，一声不吭走进卫生间。

一切收拾停当，待白果坐在餐桌前没精打采抓起豆沙包，爸爸竟然坐在一旁。白果浑身不自在，低头只顾狼吞虎咽。

"果果，还生爸爸的气？爸爸昨天心情不好，向你道歉。"爸爸拍了拍白果的肩膀，转身进了厨房。

白果突然很激动，眼泪迷漫了上来。幸亏就她一个人，快速擦干眼泪，快速消灭掉鸡蛋和牛奶，拎起书包快速走出门去。

暑气已经裹胁了银杏路，心绪同天气一样闷热。站在那棵高大的银杏树下，白果左顾右盼，眼角还残留着泪痕。

"白果——白果——我在这儿呢！"白果听见苗苗的呼喊，就是没看见苗苗的人影。

突然，白果看见苗苗的头从一辆黑色的轿车探了出来。

"快上来吧，我爸爸今天送我去上学。"苗苗一把将白果拽上了车。

"白果早上好！"苗苗的爸爸扭头冲白果微笑。

白果还以微笑，木然地坐在白果身旁，跟坐公交车一样。

"我爸爸说天太热了，挤公交车容易中暑，往后他每天早上送我们去上学。"苗苗眉飞色舞。

白果微微点头，无语，偷偷地擦拭眼角。

"昨天晚上有暴风骤雨？"苗苗压低声音问。

白果的眼泪立即溢出了眼眶。

苗苗靠近白果，捏着嗓子说："不要紧的，乌云遮不住太阳啊。千万别和爸爸过不去，是你以前告诉我的。说真的，你考成那样，哪个爸爸都会生气的！"苗苗顿了顿，"从今天开始，我们放学就回家，认真写作业，不会的立即找人解决。不就是熬时间吗？不就是拼谁能吃苦吗？我们从现在开始玩命儿，只要保持住中上，上重点大学没有任何问题。还记得刚进校的时候，校长在开学典礼上带领我们誓师：'只要学不死，就往死里学。'呵呵，可惜，这两年我们都忘记了。我认真分析过，我们之所以一直徘徊不前，主要是因为我们没玩儿命，而大多数同学都在玩儿命学！"

"玩儿命？跟谁玩儿命？怎么玩儿命？为了学习就玩儿命？学习哪还有乐趣？"白果不以为然地说，"梁思帅和章天之就不玩儿命，照样名列前茅。"

"不管有没有乐趣，反正要学习啊，反正不能被人家落下太多，不玩儿命不行啊！"苗苗义正词严，"再说了，你怎么知道那两小子背地里没玩儿命？好多同学表面上嘻嘻哈哈，暗地里用功着呢。"

苗苗的爸爸扭头看了看苗苗，满眼赞赏，满脸欣慰。

白果不吭声儿。

"别苦大仇深的了，笑一笑吧，你一向神经大条，一向没心没肺啊，怎么也林妹妹起来了？"苗苗捅了捅白果的腰，竭力逗白果笑。

白果始终绷着脸。

"果果，你说过的，听人劝，吃饱饭呢！你现在刀枪不入，我可没辙儿了，"苗苗黔驴技穷，满眼无奈，"我想不明白，你爸爸究竟把你怎么了？说说嘛！"

"就差没把我吃了！又吼又叫的，一想起他那凶恶的样子，我就哆

嗦！"白果恨恨地说，眼泪又涌了出来。

"你后妈没把你怎么样吧？"苗苗正色道。

"多亏了洪姨解围，否则，我一夜就别想睡觉了。她对我真的不错，我觉得亲妈也不过如此呢。"白果说。

"你可别不知道内外有别啊。爸爸再凶，那也是爸爸。后妈再好，也不过是后妈呢。你可别过早下结论，还是骑驴看唱本——走着瞧吧！从古到今，没听见谁说过后妈比亲妈好呢。"苗苗压低嗓音。

白果知道苗苗一直对后妈有成见，不管是谁的后妈，她都颇有微词，索性不再和她啰唆。自己本来心情就不好，白果拒绝苗苗再塞给负面情绪。眼下，洪姨可是白果唯一的念想。

"爸爸从来没开车送过我上学，还借口说我该好好锻炼，吃点儿苦。哼！"白果暗自琢磨，对爸爸的怨气又叠加了不少。

# 4

上午第二节物理课上，白果突然肚子痛，直不起腰，脸煞白，浑身冷汗淋漓。每逢"老朋友"来了，白果都要疼一阵儿。自从洪姨带白果看了中医，吃了几服药调理以后，基本上就没问题了。哪想到今天老毛病又犯了，好像比以往任何一次都严重。

苗苗替白果向老师请了假，并打车护送白果回家，然后匆忙返回学校。

刚刚打开家门，白果就感觉家里好像和往常不一样。洪姨迎了上来，表情不大自然。

"果果，你怎么回来了？生病了吧？快在沙发上躺躺，喝点儿热水缓缓，"洪姨搀扶着白果，关切地问，"那个毛病又复发了？看来，那中药还得继续吃。"

白果突然发现餐桌旁坐着一个十来岁的小男孩，正在吃方便面。小男孩瞪着大大的眼睛，好奇地打量着白果。他安安静静地坐着，看上去特别乖巧。

"他是谁呀？"白果迷惑不解地看着洪姨，竟然忘记了肚子的疼痛。

"哦，我来介绍一下。他叫子鸣，是我儿子。"洪姨赶紧爱怜地抚摸着那男孩的头，冲他比比画画。

天上掉下来个儿子？以前怎么没听他们提起过？白果觉得很蹊跷，搞不懂洪姨葫芦里卖的是什么药。不过，白果来不及多琢磨，倒是被那小男孩的乖巧和安静吸引住了。他五官端正，尤其是那双大眼睛灵气十足，清澈得好像童话故事里的小溪流。白果常听人说谁谁谁的眼睛会说话，生平第一次发现这个叫子鸣的男孩就具备此种功能。

只需一眼，白果就喜欢上了子鸣。

好奇心压倒了一切，白果赶紧笑呵呵走到子鸣身边，柔声问："嗨，你叫什么名字？"

子鸣没吭声儿，乖巧地望着白果，脸上露出了羞怯的笑。

子鸣安静得就像钉在了椅子上。

"嗨！你怎么不说话呀？我叫白果，我们认识一下呗。你该叫我姐姐哦，呵呵，真开心，终于有人名正言顺叫我姐姐了。"白果全身心都被这个安静得不同寻常的男孩吸住了，异常兴奋。

洪姨赶紧把白果拽进白果的房间。

"他哑了，耳朵也听不见！"洪姨平静地说，随手递给白果一杯温热的红糖水，"他们学校今天下午开运动会，我顺便带他过来，一起吃了中饭回学校。你爸爸开会去了……我怕晚上回来得晚，原本想提前给你们做好晚饭呢。"

"什么？您说什么？"白果惊讶得合不拢嘴，以为自己耳朵出毛病了，"究竟是怎么回事儿？他既聋又哑？怎么会这样呢，那他该怎么生活啊？"

一瞬间，白果的心酸酸的，沉睡着的爱怜蓦然苏醒。白果怜惜子鸣，下意识伸手摸了摸子鸣的脸。

"那是一场可怕的医疗事故……他三岁的时候发高烧，医生给错了药，就……成这个样子了。"洪姨平静得跟什么都没发生一样。

"怎么不好好给他治？不能说不能听，那多可怕啊！还好，他能看见吧？怎么会这样呢？他好可怜啊！"白果同情心开始泛滥，不停地絮叨。

"这些年一直寻医问药……可是，医学不是万能的，就像彭丹婷的爸爸所说的那样……没办法啊！这就是他的命！确实也尽力了……"洪姨轻轻叹息，浓浓的倦意写在了脸上。

"他爸爸呢？"白果一边问，一边转身从冰箱里给子鸣拿了一个大大的红富士苹果，"不能只给他吃方便面啊，你们平时都不允许我吃，还说没什么营养呢。"

"他饿了，来不及做饭，就让他先吃点儿垫补垫补，一会儿就要吃午饭了。"洪姨的笑容里充满了感激。

为了避开子鸣，洪姨拉着白果进了厨房。

"他爸爸呀……五岁那年，他爸爸就不回家了。子鸣出了医疗事故，他爸爸一直接受不了。他责备我不小心，说是我把子鸣害了，还说我这人倒霉……然后，他就和我离了婚。为了照顾子鸣，也为了能更好地和子鸣交流，我就辞了机关工作，在子鸣就读的聋哑学校一边工作一边学习……和他们这样的孩子打交道，不学习就好比和外国人交流……我已经学会了手语，还有唇语……"

洪姨转过身，好像在抹眼睛。

"哦，原来是这样子啊。子鸣现在住什么地方？谁照顾他呢？您可是天天在照顾我和我爸爸啊，您……您可真不容易啊！其实，子鸣更需要您的照顾。"白果泪花灼灼。

"果果，谢谢你的理解，真的没什么的，都习惯了。况且，他姥姥从老家过来，跟我们住。他平时住读，周六才回家。"洪姨小声说，好像底气不足。

"您怎么不让他住我们家？和我们一起生活多热闹啊！"白果怒气冲冲地质问洪姨，"您是害怕我容不下他？我可不是那么小气的人。不能说，不能听，他多可怜啊！"

"果果，谢谢你的好心。你别误会，我知道你心地善良。和他爸爸离婚后，这些年我也相亲过好多人。大多因为孩子不接受，才没走到一起。

因为我发现你心眼儿好，我才大胆地走进了你们的生活。子鸣呢，他和我们的生活方式不一样。聋哑学校是一个集体，那里的孩子和他情况差不多，和他们在一起他会更自在，他们交流起来更顺畅。他会手语，还会唇语。身体其他功能正常，总的说来还算不错。谢天谢地，还好他视力没问题……你明年就该高考了，他要是和我们一起生活，肯定会影响你的学习。你应该明白，家里多一个人，就会多出好多事情。首先是住房的问题，还有，七七八八的事情……"洪姨娓娓道来，"他在聋哑学校上学，一直是班上第一名。别看他是聋哑人，可他的生活自理能力很强，现在生活起居基本上不用人操心太多。他喜欢画画，还喜欢下围棋，画画和围棋都有一定的功底。他的王国在画画和围棋里，他非常迷恋，所以并不孤单……"

130

"不管怎么说，我们是一家人。既然是一家人，就应该生活在一起。您最好还是让他搬过来住！"白果突然很激动，"我不敢想象，要是我又聋又哑，我该怎么生活下去。"

洪姨没再说什么，转身收拾蔬菜。

白果思潮起伏，看看眼前这个不会说话的小家伙，难受得找不到恰当的词语来表达。曾几何时，她抱怨命运对自己太不公正。此刻，面对子鸣，她似乎不敢再抱怨什么了。她觉得命运对子鸣真的太不公平了！白果曾经认为自己是世界上最不幸的人，她不由得和子鸣相比，觉得子鸣的命运那才叫真正的悲惨呢。

洪姨那单薄的背影在厨房里摇摇晃晃，白果突然体谅到洪姨真不容易。她再也控制不住自己的情绪，双手环绕住洪姨，热辣辣地叫了一声

"妈妈"，泣不成声。

白果好像没有意识到自己竟然叫洪姨"妈妈"。

洪姨转身抱着白果，两个人在厨房里哭成一团。

"妈妈……您最近去……医院了？您身体怎么了？您太……操劳了，太不……容易了，您一定要好好的，我和爸爸都需要您！"白果哽咽。

"果果，你看你，把我都哭得眼泪汪汪的了。不要紧的，真的不要紧的。我没什么大毛病……为了你们，我一定得健康！我一定会健康！我保证！"洪姨眼泪汪汪，替白果擦拭放纵奔流的泪水。

子鸣默不作声地进了厨房，乖巧地递给她们手巾纸。

白果一把抱着子鸣，再一次泪如雨下。

至此，白果真正理解了洪姨，全身心接纳了洪姨，真的把洪姨当作了亲妈。

白果好像又回到了扎羊角辫时的那些温馨的旧时光……

"幸福的家庭家家相似，不幸的家庭各有各的不幸。"最近，白果总在琢磨托翁的这句经典名言。而且，她总是惦记着子鸣。她实在想象不出，不能说话，听不见任何声音，那是一种什么样的生活状态？她很想给子鸣孤寂的世界增添一些欢乐的音符，但她又不知道该怎么做。白果只能再三要求爸爸和洪姨，把子鸣接过来一起生活。

爸爸和洪姨态度坚决，说等白果高考结束后，一定接子鸣回家。

白果觉得子鸣搬过来住之前的日子好漫长……

<h1 style="text-align:center">5</h1>

这是一个惊天的秘密。

这是一个泪水淋漓的秘密。

这是一个令白果心意沉沉的秘密。

白天，白果背着秘密去上学。晚上，她怀抱着秘密入睡。子鸣的身影似乎无处不在，令白果魂不守舍。仿佛他是她失散了多年的亲弟弟，令她牵肠挂肚。那种爱，是姐姐的，还有那么一点点儿妈妈的。

好多次白果试图把这个秘密告诉苗苗，话到嘴边却又咽下。她隐约觉得这不怎么体面，毕竟，她突然有了一个又聋又哑的弟弟。在白果的世界里，她从来没接触过聋哑人。以往在学校里碰上有残疾的孩子，她也会和大多数同学一样投以好奇甚至鄙夷的目光。白果害怕苗苗瞧不起子鸣，如果苗苗胆敢歧视子鸣，白果一定会和苗苗绝交。

有了秘密就有了心事，有了心事就有了负担，有了负担自然就无法从容。而且，保守秘密绝非易事，白果还没学会把某些事情烂在肚子里。只要心里有事，就一定得逮着谁劈里啪啦说个底儿朝天。能让这个秘密保持一个星期的神秘状态，对于白果来说已经是一个奇迹。

因为有了秘密，白果自然就忘记了和爸爸之间的冲突，好像什么都没

有发生，一如既往和爸爸面对面。因为怀揣着秘密，白果越来越郁郁寡欢了。

苗苗说要玩儿命学习，现在下午放学后，白果和苗苗不再在银杏路上摇摇晃晃了。

今天下午她们在银杏路上下了车，白果突然央求苗苗在银杏树厚重的浓荫里走走。

"怎么了？大诗人！诗性大发了？"苗苗调侃，"你最近神经兮兮的，好像灵魂出窍了，是不是喜欢上哪个帅哥了？花痴了？"

白果没有心情和苗苗调侃，一本正经道："别胡闹，一直想告诉你一个秘密。你可得保密！你要是不保密，我就不说了。"

"保密啊？我可不一定能管得住我的嘴。要不，你还是别说了吧。万一我一大嘴巴，我可担当不起！"苗苗说，"哦，啥秘密？很神秘啊，我好想知道，快说吧！"

"我妈妈居然还有个儿子……而且，又聋又哑……不过，他非常可爱……我很喜欢他！"白果说。

苗苗猛地站住了，瞪着白果，嘴张成了大大的"O"形。

"是真的！真没骗你呢！我也是刚知道的！"白果提高了声音，"他叫子鸣，很乖巧，但我总觉得他好可怜。我一想起他就难受，要是谁能让他开口说话，让他听见，那该多好啊！我都想学医了，将来当个好医生，给他治病，一定要治好他的病。"

"天哪，洪姨那可真不容易啊。白果，你往后要对她好点儿啊。我听姥姥说，要不是洪姨劝她，我姥姥现在还不会原谅我爸爸呢，我也不可能睡得着。姥姥说，洪姨人真好，明理儿，很容易说到人的心坎儿上，"苗苗说，"他没住在你们家里？我真想过去看看他。"

"我打听到了，他下个月过生日，我想为他过一次生日，"白果说，"他很孤独的，我想多陪陪他。可是，他们害怕我耽误了学习，说等我高考后，才会接他过来住。"

"好啊好啊，我们叫上梁思帅和章天之，他们是男孩子，男孩子最能带男孩子玩儿了。"苗苗立即兴奋了起来。

"我还没告诉梁思帅和章天之呢，我害怕他们会小瞧他！"白果的声音沉了下去。

"果果，你想多了哦。怎么会呢？他们不可能是那样的素质的哦。我们都是高中生了，这点儿人文修养还是有的。"苗苗信心百倍。

"我想也是，他们不会是那样的人！我想给子鸣和我妈妈一个惊喜，悄悄为他策划生日聚会，到时候再告诉他们。"白果的声音渐渐有了力度。

"好哦，好哦。你想怎么跟他过呢？"苗苗问。

"要不晚上在群里商量商量？男生们的点子多，正好听听他们的意见。"白果说。

"梁思帅和章天之都认为洪姨很知性，尤其是梁思帅，还说要不

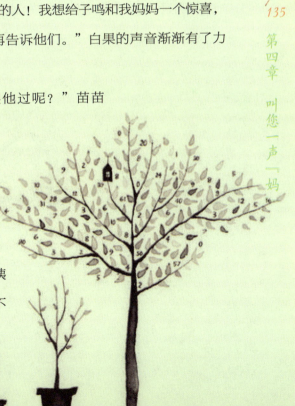

是听了洪姨一席话，现在还会一根筋儿做增高手术。他们肯定会用心策划！"苗苗兴奋得蹦蹦跳跳。

很快，白果和苗苗的身影消失在长长的银杏路上。银杏树们在腾腾热浪中依旧生机盎然。

子鸣过生日那天，白果、苗苗、彭丹婷、梁思帅和章天之带着子鸣去奥林匹克森林公园野餐。他们搭了帐篷，自己动手做了丰盛的午餐，还打了沙滩排球，在草地上踢足球……每个人都玩儿得忘记了一切，似乎谁都没意识到子鸣是个聋哑孩子。

起初，子鸣还很拘谨，但很快就和一群大孩子玩得不亦乐乎，脸上始终挂着幸福的微笑。

也许，这是子鸣第一次如此没遮没拦地疯玩儿。

很明显，在子鸣的世界里，一直缺少生理健康的孩子的关注和陪伴。

白果等约定：往后，周末，他们尽量抽时间想方设法陪子鸣玩儿！

# 第五章 可怕的"变脸"

# 1

　　气温不断飙升，楼房和街道被曝晒得泛白光，花草树木们被曝晒得绿油油，行人们或行色匆匆，或躲在难得的绿荫里小憩。最近，洪姨的精神状态不怎么好，经常请假在家待着。白果关切地询问过几次，洪姨都说小毛病歇一歇就没事儿了。因为忙于学习，还因为熟视无睹，白果并不是太在意。

　　日子不会因为天气的闷热而不再滚动，银杏路不会因为暑气逼人而不再车水马龙，学校不会因为热浪滚滚而停止新一轮紧张的考试。又逢月考，一些学生抱怨"考（烤）糊了"，一些学生泰然自若视考试如家常便饭，一些学生则灰头土脸恰若惊弓之鸟。

　　上午考完英语，空余出一大段可以自由支配的时间。白果不想待在教室里继续蒸桑拿，交完卷就蔫蔫儿地回家。

　　家里异常冷清，好像没有人。白果站在客厅里大声嚷嚷："妈——妈——爸——爸——我回来了。饿死了，有没有饭吃啦？学校食堂的饭跟猪食似的。教室里热死了，我下午还要回学校考物理！"

没听见谁回答，白果有点儿不悦。她轻轻推开洪姨的卧室门，洪姨正起床，动作迟缓。

"妈妈，你脸色好苍白，您哪儿不舒服？"白果迎上前去，柔声问。

"果果，你回来啦。我没事儿，我这就去给你做饭。"洪姨虚弱地说。

因为惦记着下午的考试，白果没怎么在意洪姨。从冰箱里拿出一根雪糕，白果快速钻进自己的房间，等着洪姨做好了饭叫她，顺便抓紧背一通公式、定理什么的，临时抱抱佛脚。

"果果，你出来！"没过多久，白果听见爸爸敲门，"果果，你中午怎么突然回来了？回来之前应该打个招呼啊。"

白果听出了爸爸的抱怨，心头一沉，拉开门，板着脸，说："爸爸，怎么啦？回自己的家还要谁批准呀？教室里巨热，我都快中暑了。我回来吹吹空调，不行啊？"

"你妈妈身体不舒服，你自己去饭馆里吃饭吧，吃完饭就打车回学校考试。我这就送她去医院，给，钱。"爸爸调整好情绪，声音立即温和了不少。

就是想回家好好消消暑，顺便吃点儿可口的家常菜，可是……白果脑子有点儿懵。她怔怔地看着爸爸，五官本能地绷紧了，什么也没说，接过爸爸递过来的百元大钞，既没看爸爸一眼，也没去问候一声洪姨，就气哄哄地收拾东西准备出门。

"她一向好好的，怎么突然就不舒服了？就因为我回家没提前打招呼？装的！"这样的念头猛地划过白果的脑际，白果觉得自己有点儿麻木

不仁。

当白果闷闷不乐走出房间，突然想起该问问洪姨究竟怎么了，可他们已经下楼了。不一会儿，楼下响起了马达声。白果站在窗前，看见爸爸那辆灰黑色轿车迅速驶出了校园。

白果蓦然无比惆怅，觉得近来爸爸的一言一行都清晰地表明：洪姨好像比白果更重要。醋意悄然流淌过白果的心头，那确实是酸溜溜的滋味！

## 2

白果感觉物理还是考得一塌糊涂，心情立即坠落至深渊。加上天热，加上明天还要考数学和化学，白果没有时间为物理和自己悲伤，交完卷就跟着苗苗往家赶。

一路上，白果自然没话说，苗苗也蔫蔫儿的，不说话。

家里静悄悄的，洪姨和爸爸都不在家。

今天家里显然没开火，冰箱里没什么现成的东西可吃，白果只好凑合泡方便面。白果觉得自己挺没用，除了会泡方便面外，就不会给自己弄点儿别的吃的。

以前，每逢考试，爸爸不管多忙，都会回家为白果做饭。白果一紧张，胃口就好得出奇。爸爸了解白果有"暴食症"倾向。然而，今天，竟然没谁关心白果的温饱。白果吃着方便面，闷气自然风起云涌。

想不到洪姨还是一个弱不禁风的人，相亲的时候怎么没看出来？要是洪姨动不动就病恹恹的，不但不能照顾爸爸和白果，反过来还需要爸爸照

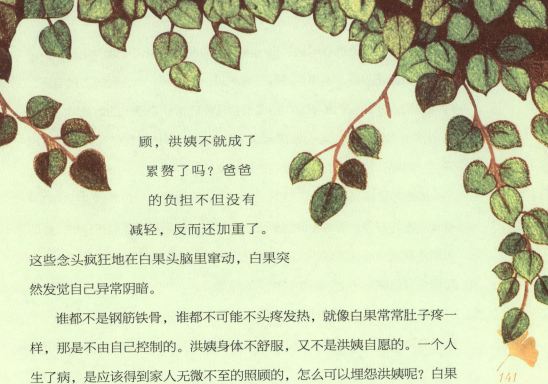

顾，洪姨不就成了累赘了吗？爸爸的负担不但没有减轻，反而还加重了。

这些念头疯狂地在白果头脑里窜动，白果突然发觉自己异常阴暗。

谁都不是钢筋铁骨，谁都不可能不头疼发热，就像白果常常肚子疼一样，那是不由自己控制的。洪姨身体不舒服，又不是洪姨自愿的。一个人生了病，是应该得到家人无微不至的照顾的，怎么可以埋怨洪姨呢？白果默默地责备自己。

白果不明白，自己怎么突然变得越来越复杂了？怎么会突然变得越来越不纯粹了？怎么会变得越来越刻薄了？白果曾经认为苗苗尖酸刻薄，曾经时常提醒自己千万不要那样。然而，白果感觉自己一不小心就变成了从前的苗苗。这究竟是怎么回事儿呢？难道正好验证了"人之初，性本恶"？如果洪姨不是后妈，而是亲妈，白果会不会在洪姨生病的时候顿生埋怨呢？苗苗说后妈无论如何无法和亲妈相比，反过来说，不是亲生的女儿就不会像亲生女儿那样心疼后妈？那为什么自己还会发自肺腑叫洪姨妈妈呢？既然叫了洪姨妈妈，为什么不会像疼亲生妈妈那样疼她呢？

白果意识到自己非常自私。

　　白果赶紧给爸爸打电话，询问洪姨的情况，问他们什么时候回家。爸爸的声音倒还平静，连声说还得过些时候。话说到一半，洪姨接过电话，叮嘱白果去校园东北角那家叫白鹭的餐厅吃晚饭，说那里的饭菜可口，卫生条件也不错。白果心中荡漾起暖意和歉意，突然很想爸爸妈妈，柔声说："妈妈，您没事儿吧？我等你们回家哦。"

　　接连考了三天试，人困马乏。暂时没有作业可做，是考试过后的唯一好处。左等右等，爸爸和洪姨都没回家。白果琢磨爸爸可能在开车，他们可能还有事情没处理好，就没再没完没了地打电话。实在熬不住了，白果早早把自己搬到床上，刚挨着枕头就睡着了。

　　爸爸和洪姨是什么时候回来的，白果全然不知道。

　　白果做了一个噩梦：课堂上，班主任公布月考成绩，白果考了全班倒数第一！

　　白果从梦中惊醒，一身冷汗，正好是半夜。

　　白果暂时没了睡意，只好下床上厕所。

　　白果穿过客厅，爸爸和洪姨房间里的灯还亮着，隐约听见洪姨在啜泣，爸爸咕哝咕哝的，说什么听不大清楚。

　　他们吵架了？他们为什么吵架？他们也会吵架？会不会是因为自己？白果浑身一激灵，满脑子的问号飘飘忽忽。

　　白果小心翼翼地贴着门听，还是什么都听不清，依旧一头雾水。

　　"大半夜的不好好睡觉，哭哭啼啼的跟闹鬼似的。她事儿可真多，还真不叫人省心呢！"白果不由得嫌怨顿生。

　　白果不明白，自己为什么会不问青红皂白嫌怨洪姨。

白果失眠了。

# 3

自打上小学起，白果就经历了无数次大大小小的考试，可谓身经百战。然而，每逢考试，她还是无法从容、淡定。考前必定焦虑，考试进行中备受熬煎，考后等待成绩的滋味更不好受，好比明知会判死刑，却不得不等待开庭审理。白果甚至会幻想：要是老师下班坐公交车，一不小心试卷被小偷偷走了那该多好。或者，老师突然宣布，因为泄露了题，本次考试无效。在他人看来，R大附中的学生一个个跟考神似的，怎么会害怕考试呢？世上哪有什么神啊？R大附中的学生顶多是半人半神，问题恰好就出在半人那部分上啊。

不管白果多么焦灼，月考成绩还是如期公布了。虽不至于倒数第一，也就徘徊在那附近，白果的情绪自然一如既往地不爽。出乎意料，爸爸居然什么也没说，好像压根儿就不知道月考的事儿。有了上次的教训，白果没敢拿着成绩单找爸爸签字，而是向洪姨求援。

更加出乎白果意料，洪姨居然眉头一皱一皱的，不停地摇头，脸色十分难看。

白果哪能受得了这个样子的洪姨，没等洪姨签字，气呼呼一把拽过成绩单，猛地扭过身，默默走进了自己的房间。

洪姨竟然不依不饶，冲着白果的背影大声说："你这孩子怎么回事儿？谁招你谁惹你了？自己没考好，脾气还蛮大？难道是别人没让你考好？"

洪姨的话如同棒槌，猛烈地敲打着她的耳鼓，白果倚着门头昏脑涨。

这就是那个一向笑容可掬的洪姨吗？这还是那个一向温柔、善解人意的洪姨吗？这还是那个对白果百依百顺的洪姨吗？她怎么说变就变了呢？变得让白果像是遭遇了一个陌生的悍妇，白果浑身凉飕飕的。实在是没有心理准备，一向伶牙俐齿的白果竟然被噎得说不出一句话，眼泪竟然在眼眶里打转儿。

还是苗苗料事如神啊，还是苗苗先知先觉啊。白果头一次感觉自己就是那个救了蛇反而被咬了一口的农夫，头一次意识到自己引狼入室。

"哼，既然你这么不留情面，就别想我再给你面子了。从此，别指望我再叫你一声'妈妈'！"白果默默地发誓，"我怎么会叫这种低素质的人'妈妈'呢？"

白果不想和洪姨正面冲突，只想敬而远之，相安无事。可是，家里就那么大点儿地方，总有躲不开的时候，总会和洪姨面对面。

白果小心翼翼地躲避，可是，洪姨对白果的态度却快速恶化，好像突然来了个一千零八十度的大转弯。没好脸色给白果自不用说，还动不动就嘟嘟囔囔唠唠叨叨，摇身一变，成了一个令人生厌的管家婆。

"她怎么会是这样一个人？果真露出了狐狸尾巴了！可真是知人知面不知心哪！"白果暗自叫苦，只能打掉牙往肚子里吞。

白果本想向爸爸告状，但成绩糟糕，哪还敢主动向爸爸说那些鸡毛蒜皮？再说了，白痴也看得出，现在爸爸一心一意扑在洪姨身上，怎么听得进白果的真实感受呢？

白果还想向奶奶诉苦，可是奶奶最近身体不好，白果不想让奶奶担心。而且，她觉得自己已经长大了，可以独立面对自己的麻烦。

　　白果怀疑洪姨的更年期到了，只好尽量把自己关在房间里不和她照面。然而，接下来发生的一切完全像苗苗曾预言的那样。

　　早上六点，电子闹钟固执地叫嚷："要迟到了！要迟到了！"白果极不情愿地逼迫自己起了床，收拾停当，发现洪姨竟然还没起来，也没有谁为她准备早餐。爸爸好像还赖在床上，白果自然十分不爽，情不自禁冲着他们的卧室门大喊："我吃什么呀？还睡？"

　　门很快开了，洪姨蓬松着头，双眼浮肿，虎着脸抢白："你跟谁说话来着？有你这样不懂礼貌的女孩子吗？自己没长手？都多大了，方便面不会煮？自己煮个鸡蛋也不会？牛奶是现成的！什么都得给你递到手上？还以为自己是小孩子？"

　　白果头皮发麻，压根儿就没想到洪姨竟然如此尖酸刻薄。心中像是突然窜烧着了一团火，白果本能地想和洪姨大吵一架。然而，十七年来她从来没和谁歇斯底里吵过架，更别说和一个成年人吵架了。

　　白果还想反唇相讥，可是，她气得浑身发抖，思维突然短

路了，只能结结巴巴地说："你说话……真真难听！"

"什么你啊你的，不会说'您'吗？"洪姨气势凌厉，咄咄逼人。

白果委屈得没法说，泪花闪闪，但她竭力控制着。骨子里沉埋着的倔强猛地苏醒，她拒绝当着洪姨的面流泪。

白果赶紧抓起书包，甩门而出。

"果果，"这时候爸爸出来了，叫住了白果，他递给白果二十块钱，轻声说，"拿着，去银杏路上的小店里买早点！"

"不要动不动就给零花钱，养成了大手大脚的毛病不好改。再说了，家里什么都有，都十七八的大姑娘了，还什么都不会，溺爱会把孩子给毁了！"没想到洪姨冲到门边儿，凶巴巴地冲爸爸嚷嚷。

爸爸竟然一声不吭。

白果本以为爸爸会替自己打抱不平，没想到爸爸居然能容忍洪姨的嚣张。

白果赌气没接爸爸的钱，扭头噔噔噔跑下楼，懒得坐电梯。早上电梯里人多，她不想别人看见自己的愤怒和绝望。

爸爸撵下楼来，抓住白果的胳膊，把钱硬塞给了她。

爸爸拍了拍白果的肩，柔声安抚："果果，你别往心里去。你现在该明白了吧，什么都得靠自己，别人是靠不住的。以后自己动手做自己的事

146

儿，不会的爸爸教你，没什么大不了的。再说了，她最近身体不好，脾气大，你要多理解理解她。”

“她身体不好就可以乱发脾气啊？她以前可不是这个样子的，怎么说变就变了？翻脸就不认人了？简直比变色龙还变得快！您理解她吧，我可理解不了！”白果跺着脚，咬着牙，眼泪还是滚了出来。

爸爸一把把白果搂在怀里，柔声安慰：“果果，别委屈了，爸爸永远是爱你的。不管你怎么样，爸爸都是爸爸，爸爸都会对你好的。她是见你成绩下滑得厉害，才会刻意生气。”

白果扑在爸爸怀里，哭得上气不接下气。

爸爸牵着白果的手，走进了银杏路上的一个小吃店。爸爸点了豆浆、油条和茶叶蛋，满含柔情地看着白果整理好情绪风卷残云，脸上浮起了微微的笑意。

“还是爸爸好，爸爸就是爸爸！”白果噙着泪，默默地对自己说，“哼，我成绩不好就瞧不起我？门缝里看人——把人给看扁了。走着瞧，真以为我是混进R大附中的啊？说什么也得用功了，考个好成绩，给她点

儿颜色看看！"

当白果坐进苗苗爸爸的车里，透过反光镜，白果看见爸爸还站在原地。爸爸真的苍老了，好像就在一夜之间……

## 4

洪姨的言谈举止还在进一步恶化。

洪姨对白果总是横挑鼻子竖挑眼的不说，还经常故意不做饭，或者老赖在床上不动弹。

洪姨只要一做家务，就会喋喋不休地抱怨："都是大姑娘了，自己的事情不自己做，还要我来伺候你？我该你的还是欠你的？"

白果完全被洪姨凶巴巴的气势给压倒了，许多时候她只能忍气吞声。偶尔，白果实在听不下去了，才不客气地回敬几句："少说两句好不好？也不觉得烦？以后我不要你给做什么就是了，没你我就活不下去了？"

"那敢情好！只怕你没这个出息！"洪姨反唇相讥，"你自己看看吧，大姑娘家家，换了内衣内裤还乱扔，不嫌丢人啊？自己的房间哪一天不得别人来清理，还真当自己是住宾馆的客人啊？"

洪姨明显有事儿没事儿找碴儿，白果又气又急，她多么希望爸爸能站出来替她说几句公道话。可是，爸爸好像对洪姨的横蛮熟视无睹，不管洪姨唠叨什么他都装没听见。白果觉得爸爸被洪姨迷住了心窍，没有立场没有是非观念。白果失望到了极点，她只能苦巴巴盼望明年高考快点儿到来，笃定报考外地的学校，越远越好。只要能逃离这是非之地，只要能逃离这个有洪姨的家，即使去南极生活白果也毫不犹豫。

白果清楚，能够成功逃离的前提是：一定要把学习搞上去！因为有了明确的目标，即使白果在洪姨那里受了天大的委屈，白果都不会动摇努力学习的决心，都不会过多干扰自己努力学习。

白果完全把学习当作了回击洪姨嚣张气焰的唯一武器！

以前，爸爸从不要求白果做家务，尽管白果十七岁了，但差不多什么家务活儿都不会做。和洪姨赌气时白果只图嘴上痛快，说出的话基本上没经过大脑。为了不看洪姨的脸色，为了不听洪姨的抱怨和唠叨，白果咬牙开始尝试自己准备早餐，自己动手洗衣服，自己收拾房间。

第一次洗衣服的时候，洪姨好像去医院

换药了。白果站在洗衣机旁，犹豫半天不知该怎么操作，甚至想打退堂鼓了。

"爸爸，这衣服怎么洗呀？我不会用洗衣机，还是您帮我洗吧！"白果愁眉不展。

"果果，你就不想给自己争口气呀？这没什么难的，学一次就会了。自己会做了，也不用听别人说三道四。听爸爸的话，学着洗吧。别人瞧不起你，你得瞧得起自己！再说了，这些基本的日常生活技能你也该掌握一些了。以前都怪爸爸没教你，大包大揽的……"爸爸一边给白果做示范，一边动情地勉励白果。

"是呀，说什么也得拿出个能干的样子来，让那个人好好瞧瞧，谁不待见谁呀？"白果告诫自己。

从此，白果破天荒经历了人生中的许多个第一次。第一次做饭，第一次拖地，第一次收拾屋子，第一次叠衣服，第一次叠被子，第一次洗衣服，第一次晾衣服，第一次做早餐，第一次洗碗……没过多久，她就学会了许多家务活儿，再不用谁替她操心早餐了。

白果不知不觉懂事了，好像已经长大成人。

洪姨虽然时不时还会冲白果说风凉话，但她的气焰明显没有起初那么嚣张了。

爸爸看在眼里，喜在心头，悄悄对白果说："果果，你做得真棒，有志气，有骨气，跟你妈妈一样要强！"

"现在，我终于明白了那个老生常谈的道理：人活一口气！我就是要和她憋这口气。我可以骄傲地对自己说，我没有输给她！她是谁啊？有什么资格小瞧我？当初为了和我爸爸结婚，瞧她对我们那谄媚的样儿，好恶心啊！"白果在日记里写道。

当然，白果现在更加佩服苗苗，五体投地的那种。苗苗看问题可真独到、精辟，可惜，当初没听她的劝告。自己抓了虱子放在头上咬，白果总觉得自己浑身冒着傻气，不好意思告诉苗苗实情。

白果一直竭力想把洪姨突然的转变梳理出子丑寅卯来，可是，千头万绪，脑子里像是塞了一团乱麻，怎么也无法理清。

还好，白果自认为在与洪姨的较量中初次告捷，心里挺美。

# 5

暑气蒸腾，期末考试一天天临近。

白果惊讶，自己竟然每天都在盼望考试的到来。一来可以检验这一段时间刻苦钻研的成果，期待考一个理想的成绩回击洪姨的势利眼儿。二来

只待考试一结束，去爷爷奶奶家，好好与奶奶诉诉苦。

殊途同归，白果和苗苗彼此激励。偶尔，她们摇晃在银杏路黑压压的绿荫里，说得最多的便是"只要学不死，就往死里学"。看看高三学生那一张张紧巴巴的脸，她们仿佛听见了明年高考激越的脚步声。不管怎么说，时间确实太紧迫了，再不努力就来不及了。为了明年的高考，为了能够实现师长们所谓的"紧紧地抓住自己的命运"，她们只能暂时把一切不如意抛诸脑后。

不觉又是周末，白果感觉不到丝毫假日的惬意。她倒是希望周末也上课，那样，就不用整天待在家里被迫与洪姨面对面，指不定又得受洪姨的什么气。

周六一大早，白果就去了苗苗家，两个人关在一起昏天黑地写作业。偶尔，一起听听歌，在网上看看娱乐节目什么的。白果很讨苗苗姥姥的喜欢，中饭就赖在苗苗家吃。苗苗的爸爸正好晚上回来吃饭，白果顺便在苗苗家把晚餐也解决了。作业写完了，感觉很疲倦，白果只好不情不愿回家。

整整一天爸爸没问过白果一声儿，白果早已对爸爸失望至极，似乎并不在意。晚上八点，白果悄无声息地回家。子鸣竟然过来了，独自坐在饭桌前画画。他无声无息，还是那么乖巧，惹人怜爱。白果原本打算把对洪姨的不满转嫁到子鸣身上，但一看见他那双清澈的眼睛，她就无法仇恨他，甚至还莫名其妙地冲他友好地眨巴眼睛，不由自主地对他说："你什么时候过来的？好久不见你了，我们都很想念你呢。你知道吧，我们都很忙，快期末考试了，作业好多啊，真是压力山大呢！我跟你玩儿吧！你想玩儿什么？"

子鸣异常兴奋地拉白果坐下，让白果看他刚刚画好的画。

"我们子鸣要写作业，哪有工夫瞎玩儿？"不承想洪姨突然插话，声音冰冷而不屑，"老白，你来看吧，子鸣写的作业竟然没一点儿差错。这一次，他数学又考了一百分。"

洪姨一边把子鸣的作业本和考试卷翻开给爸爸看，一边在子鸣的脸上亲了一口，拖着肉麻的腔调："我今天晚上专门给子鸣做顿好吃的，奖赏他。想想看，子鸣能每次都考第一，那是多么的不容易！哎，他可比许多身体健全的人强多了！"

洪姨故意把声调拔得高高的，白果当然听得出她的弦外之音。白果赶紧知趣地撇下子鸣，悻悻地准备离开，禁不住默默地反驳："路还长着呢，小学时候谁不是经常考一百分啊？就这点儿破事儿，也值得在我面前炫耀？忒庸俗！"

白果假装什么都没听见，鼻孔里挤出了清晰的"哼"，赶紧撇下子鸣，打算躲进自己的房间。

"果果，你的确该向弟弟学习，你看他不能开口说话，还什么都听不见，能取得这样的成绩确实值得学习！"爸爸偏偏在这个节骨眼儿上胳膊肘往洪姨那边拐，没心没肺地随声附和。

"是呀，我儿子虽然是哑巴，可比那些不是哑巴的强一百倍呢！不信，这次期末考试就来比一比。"洪姨在厨房里提着嗓子喊。

第五章 可怕的"变脸"

银杏路上的**白果**

白果的耳鼓像是被锥子扎穿了一般，脑袋"轰"的一下猛然肿胀。要是能打开胸膛看看，白果的肺肯定已经被气炸了，一定是稀巴烂！

白果狠狠地剜了爸爸一眼，冲厨房撇了撇嘴，气急败坏地冲进自己的房间。

理所当然，白果只能把所有的委屈和愤怒转嫁给那扇无辜的门。"砰！"像什么东西爆炸了，满屋子破碎的声响！

"凭什么瞧不起我？让谁瞧不起也不能让她瞧不起呀！输给谁也不能输给她的聋哑儿子！"除了这些念头，白果现在没想别的。"不蒸（争）馒头不蒸（争）包子，但说什么也得蒸（争）这口气！"

若是按照以往的脾气，白果肯定只能让眼泪随心所欲地飞。此刻，她快速地安妥好自己，倦意全无。拧开台灯，坐在书桌前，使出吃奶的力气，在洁白的稿纸上写下了两个硕大的字——争气。端详了一会儿，白果便心平气和地打开一份物理练习题，咬咬牙下定了决心："一定要超过他！一定要以优异的成绩堵住她的嘴！"

把无辜而可怜的子鸣当作竞争对手，当作不共戴天的敌人，白果于心不忍。但是，她发现只有这样才能解气，才能鼓起学习的风帆，别无选择。

"都是你妈妈闹的，都是你妈妈逼的，对不起，子鸣，我不是有意与你为敌！"这样想过了之后，白果很快释然，心无旁骛，沉浸在物理习题中。

努力学习的白果仿佛洗心革面，学习成

154

绩应该可以掀开崭新的篇章。

在与洪姨旷日持久的斗争中，白果逐渐积累起了丰富的"智斗"经验。白果还把曾经在历史教科书中学到的"冷战"策略自觉运用到实践中，并牢记一句至理名言"沉默是金"。许多时候白果就当洪姨是空气，是一种不存在。况且，现在洪姨没什么能难倒白果的了。洪姨不做饭不洗衣服，那有什么要紧，白果就自己动手。白果感觉自己很能干，感觉自己可以不依附他人，自豪感层出不穷。

下周就要期末考试了，本周洪姨三天两头不在家，爸爸特没出息地做了洪姨的跟屁虫，好像已经忘记了他心爱的量子力学，自然也忘记了他曾口口声声呼喊的"宝贝女儿"。白果独自在家，难得自在逍遥，反而活得有滋有味。每天该做什么，白果都安排得井井有条。

更为不可思议的是，白果差不多把所有的时间都用在了学习上，甚至忍痛把那些心爱的文学书籍全都锁了起来，打算明年秋天带到大学里去痛痛快快地读。

爸爸时不时附在白果耳边，小声说："果果，你真棒！继续努力，爸爸为你感到骄傲！"

白果虽然不怎么搭理爸爸，但心里甭提有多得意。

## 6

七月，酷夏、苦夏。

白果的期末考试忙碌而有条不紊地进行，洪姨突然住进了医院。

付出终有回报，下午考完物理，白果感觉特别棒，禁不住狂喜。她似乎忘记了闷热的天气，忘记了这一段时间以来洪姨的不可理喻与不近人情，忘记了爸爸有意无意的忽视，一门心思只想与谁分享美好的心情。

家里没人，白果隐隐有些失望。虽然厌烦洪姨，但是，今天白果的感觉完全不一样，她很想将胜利者的姿态充分展现在洪姨面前。那应该是可以狠狠地出一口恶气的！而且，她确实想告诉爸爸，下午的物理题她都会。白果心如明镜，不指望物理考高分，只要物理不被落下太多，她的总排名就会大幅度飙升。凭感觉，这一次应该有质的飞跃。和苗苗、梁思帅他们都对过答案的，暂时还没发现有什么错误。这在白果高中阶段的物理考试史上，确实是空前的。

深夜，爸爸裹着一身疲倦回到家。连日来往返奔波于医院，他看上去又苍老了不少。

爸爸敲开白果的房门，神色惨然。

白果瞥了爸爸一眼，继续埋头温习功课。喜悦经过一段时间的冷却，白果已经没有情绪和爸爸分享了。何况，最近爸爸似乎根本没在意白果，似乎压根儿不知道白果正在紧张地期末考试，整天神龙见首不见尾。苗苗曾经说的没错，男人娶了老婆后良心全都给了老婆，爸爸也不例外。

"果果，你抽点儿时间到医院看看她吧。"爸爸的声音很低沉。

"看她？"白果在心里轻蔑地反问。她仍然没有抬头，冷冷地说："我没时间，明天还要继续考试呢！"

"果果，等你考完试了，还是找点儿空闲去一趟医院，怎么说她也是……"爸爸吞吞吐吐。

白果敏锐地嗅出了爸爸话中有话，感觉到有些不对劲儿，终于忍不住问："她怎么啦？病得很重？"

　　"嗯！病得不轻！唉——"爸爸叹息一声，意味深长地拍了拍白果的肩，蔫蔫儿地走了出去。

　　白果分了会儿神，不由得动了恻隐之心。但是，她很快让自己努力回想近一段时间来洪姨的种种劣迹，她觉得那简直就是罄竹难书！她那本已开始柔软的心渐渐又变硬了。而且，现在白果最牵挂的是明天的考试，她最大的心愿就是考一个好成绩，让洪姨后悔曾经出言不逊。

　　不管怎么说，白果现在根本不考虑是否去医院看望洪姨，虽然白果偶尔也隐隐为她的病情担忧。但在这么一个烈日炎炎的季节，在这样紧张的复习、考试的日子，白果心中仅存的那点点儿温热已经被蒸发得无影无踪。

白果囫囵睡下，自然做了些奇异的梦。梦的色彩很单调，梦里发生了许许多多荒诞不经的故事，但白果无法将它们完整地拼贴起来。

# 7

这是本学期的最后一天。

这可能是白果十七年来最激动的一天。

捧着成绩单，白果险些乐极生悲成了第二个中举的范进。她终于种瓜得瓜——竟然考进了全班前十名，赚了一百元奖学金。

这的确堪比千年铁树开了花。

"嘿！你成暴发户了也！请客请客！"苗苗酸溜溜地冲白果嚷嚷。

在银杏路下了车，白果顾不上看一眼声势浩大的银杏树，顾不上理睬苗苗，疯了似的往家跑。惹得苗苗叉着双手，冲着白果远去的背影像童话里的坏女巫那样咬牙切齿地诅咒："死丫头片子，小人得志！下次让你考零蛋！"

爸爸居然在家，眼圈红红的。白果感觉浑身的血液猛地全都冲进了脑子里，第六感觉告诉白果家里笼罩着不祥的阴云。每一个毛孔都因极度恐慌而张开了，白果几乎本能地冲口而出："爸爸，她怎么啦？"

"她得了绝症，已经走了！"爸爸哽咽。

"什么时候？"白果感觉头发都竖直了。

"前天晚上，在医院里。"爸爸吸了吸鼻子。

"她现在在哪？"白果拖着哭腔。

"今天火化了！"爸爸扭过身。

"什么？怎么可能啊？这么快？呜——哇——"白果瘫软在沙发上，失声恸哭。

白果无论如何都不相信这是真的！她虽然一直恨洪姨，可以说恨到了骨头缝里。但是，不管怎么说，白果并不希望洪姨死。而且，白果并不认为和洪姨之间有不共戴天的深仇大恨，她只是想和洪姨赌口气。死，对于白果来说，那不仅仅是一个可怕的噩梦！

"果果，你误会她了。她其实是一个伟大的母亲！这是她写给你的信。读了信，你就全明白了，"爸爸深深地呼吸，"她这辈子活得太苦了！她这一走啊，还留下个子鸣……那可真是死不瞑目啊。没办法，命运就这么安排了。老天，是不公平的！"

爸爸说不下去了。

爸爸又破天荒地点燃了一支烟，一个大大的烟圈儿慢慢地扩散，轻飘飘的。白果觉得那像是后妈的灵魂。

人死如灯灭，霎时间烟消云散。白果好像蓦然顿悟。

# 8

夜，沉沉。白果咬着手指，泪眼婆娑。她一遍又一遍读着洪姨写给她的信——

　　亲爱的果果：

银杏路上的**白果**

我在病床上给你写这封信。你读它时，我可能已经不在人世了。病来如山倒，何况我是突然查出得的绝症，这是没有办法的事儿。

我们都有过相似的不幸。也因为不幸，我们生活在了一起，这就是缘分。自从那天你终于叫我一声"妈妈"，我也就真正把你当作了我的亲生女儿。因此，从那天起，我就想一定要尽到做母亲的责任。

果果，你身上有很多优点，也有不少弱点。我刚来时发现你的生活自理能力很差，远不如你弟弟子鸣。你学习也不上心，好像还没长醒。因为你妈妈走得早，所以你爸爸对你就一味迁就、溺爱。我看在眼里，急在心头。毕竟爸爸妈妈都不能照顾你一辈子，你未来的路得由你自己走。

起初，我私下里和你爸爸商量，由他唱白脸，我唱红脸。让他对你严厉点儿，慢慢纠正你身上的弱点。但是，我们发现这样做收效不大。后来，我无意间被查出得了绝症，去日无多。我想，在我走之前要是能看见你变了模样，也就没有辜负你叫我的那声"妈妈"。于是，我就和你爸爸调换了角色，由我来唱白脸。我们希望我这个凶巴巴、蛮不讲理的后妈，能刺激你的自尊心，激发你的上进心，磨炼你的生活自理能力和自我约束力。

那些天，我的确做得过分，可以说心狠手辣。这样

做时，我心里其实也不落忍，毕竟你还是个孩子。看见你那受伤的眼神儿，我也曾犹豫过，甚至想放弃这种努力。但是，每当看见你在我施加的"压力"下一点点儿地脱胎换骨，我又坚定了我的"表演"。谢天谢地，好在你终于战胜了自我，妈妈由衷地为你感到自豪和骄傲。同时，妈妈也佩服你在如此糟糕的环境中还能自强不息。我相信，将来不管你遇到什么样的挫折，有了这一段刻骨铭心的"折磨"，你都能迎刃而解。我想，妈妈的"苦肉计"总算是得到了回报。

果果，我可能无法知道你这次期末考试的成绩了，但我相信你会有进步的。倘若你还是没考好，你也可以问心无愧了，毕竟你努力了，全身心付出了。

也许结果并不重要，但追求的过程得精彩。

遗憾的是，命运分配给我们

共同分享的日子实在是太少了，我们还没来得及彼此熟悉，就不得不说永别了。不管怎么说，我们曾经生活在了一起，彼此都留下了深刻的记忆，那也就够了。

要说的太多，我的体力越来越不济了，不能再写下去了。希望你忘掉那个"可恶的后妈"，希望你明年能顺利考上大学，不辜负你妈妈的遗嘱。

爱你的妈妈


不远处，西直门外传来了火车起程或到站的汽笛声，声声悠长而孤寂。有多少生命在这个时辰开始或结束了旅程？

白果关了台灯，满屋子黑沉沉的寂寞。她站在窗前，眺望着B城七月的夜空。寥廓的天幕下没有星斗，她无法找寻洪姨那飘荡的灵魂。遗憾、悔恨，还有间或袭来的一阵阵心痛，令白果如坐针毡。

长夜漫漫，白果独坐灯下，饱蘸泪水，和着潮水般汹涌澎湃的情绪在灯下写就了她生平的第一篇小说《红脸白脸》。

写完最后一个字，白果嘟囔："明天一大早约他们一起去看弟弟子鸣去！"

异常闷热的漫漫夏夜，如何安睡？

2013年5月11日深夜二稿于寓所
2013年5月30日上午三稿于寓所

# 我与文学的不解之缘（代跋）

文学是什么？文学能给我们带来什么？我们为什么需要
文学？对于这些有关文学的本体性问题的思考，我这个与文学打了近二十年交道的所谓专业人士，一直相当粗疏。虽然朝暮与其相伴，却很少追问这些不容易问出个水落石出的问题。回顾我与文学的不解之缘，仔细追寻多年来追逐文学的心路历程，倒是可以依稀描摹出文学在我心灵世界的投影。

## ⊙我为什么需要文学？

美国作家希斯内罗斯在其"诗小说"《芒果街上的小屋》中曾写道："当你忧伤的时候，你可以仰望天空。可是，忧伤太多，天空不够……"毋需赘言，孤独、寂寞，甚至是无聊，乃生命存在的本相。一个能够适应孤独、寂寞，能够打发无聊时光的人，显然是生活的智者。当我孤独、寂寞、无聊的时候，我常常亲近文学，在文学中寻求安慰和寄托。因此，我想把上面的诗句更改为：当我孤独、寂寞、无聊的时候，我可以亲近文学。可是，孤独、寂寞、无聊实在太多，能安抚我的好作品都不够……

随着年龄的增长，阅历的增多，以及对文学的理性认知的增强，能让我爱不释手的好作品自然越来越少。但是，总能遇见那样的佳作，如同在茫茫人海中遇见了知音。

每个人存身于世，都在努力寻找适合自己的生活方式。比如，追求官高位尊，追求金钱财富，追求帅哥美女……相当一部分人有特殊的嗜好，比如，喝咖啡、打牌、旅行等。而我，阅读和写作已然成为我不可或缺不可替代的生活方式，如同每周必须

去体育馆打羽毛球一样。相对于其他的生活方式来说，阅读和写作最经济最便捷最切实可行。不需要伙伴，不需要固定的时间，也不需要花费太多的金钱。当你不想娱乐不想聊天或者干脆什么都不想做的时候，如果遇见了心仪的文学作品，很快就能让你浮躁的心灵妥帖，你很快就能沉醉于字里行间，全然忘记了身外的世界。

我们何以证明我们来到过这个世界？

我们何以证明我们曾经青春年少过？

我们何以证明曾经有过瑰丽的梦想？

也许有人会回答：不是有照片吗？不是有亲人师长同学朋友熟人们证明吗？然而，照片只能见证我们面貌的变迁，他人对于我们的描述大多支离破碎。我们成长的心路历程只有我们自己知道。比如，十二岁那年的情感和三十二岁那年的情怀，显然天壤之别。如果我们把情感的些微变化细致地记录在文字里，那无疑是确认我们存在的绝佳手段。它的表现形式至少可以是日记，或者是一部自传体小说……

## ⊙我怎样对待文学？

我亲近文学，最早应追溯到小学三年级。那个年代的文学资源相当匮乏，老师和家长视文学作品为课外书，千方百计阻挠学生"不务正业"。可以名正言顺读的文学书籍，无疑是语文教材。每学期开学，语文课本发下来，不到一个星期，我就将整本书读得滚瓜烂熟。阅读的饥饿感每天都伴随着我，我开始借高年级同学的语文课本读。自然很快就读完了，实在没得读了，如果在路边捡到半张破报纸，或半本破杂志，如获至宝，囫囵通读，来者不拒，如同大胃王牛蛙。

我有个表哥在文化馆工作，他那里有不少藏书，多为古书，而且是繁体版竖排本。所幸的是，表哥喜欢我这个小书虫，慷慨地借给我。由是，从小学三年级起，我连猜带蒙，竟然读完了"三言"、"二拍"之类绝对"少儿不宜"的作品。从而也奠定了我人生的人文底色，以及人生价值观的趋向。那些书里多讲述忠诚、仁义、金兰之交、死生契阔等故事，潜移默化，生成了我行为处事方式的传统、守旧。

从小学三年级到大学二年级，我对文学作品是相当迷恋的，甚至达到了迷信的程度。因为特别崇拜印刷品，笃信凡是写进书里的都是金科玉律，自然照单全收。那时候我的阅读是忘我的，经常忘记了干活，甚至忘记了身外的世界。我对于文学的迷恋，应该是出于一种本能，也算是一种天赋吧。

进入大三，突然意识到行将毕业，才发现还有那么多的书没有读。图书馆里的书汗牛充栋，无论怎么用功都是没办法读完的。加上教授们的点拨，才意识到一些书根本不值得去读，一些书只需蜻蜓点水般泛读，只有少数书籍应该精读。醍醐灌顶，幡然醒悟。我开始反思什么是文学，开始以批判的眼光审视阅读过

的文学作品。这种意识一直延续到当下。

反思、批判之后，自然有不小的收获。我笃信：文学是人学，旨在探究人性的深度和厚度，弘扬真善美，鞭挞假丑恶；文学是一种审美活动，具有无功利性，情感的真挚和思想的深刻是其恒定的审美标准；文学不仅仅是一种审美活动，它不可避免具有教育等功利目的，还与人生、社会、哲学、历史、文化、心理、道德、法律等一衣带水，是一门综合性、交叉性的人文学科。

有了对文学本体的深入认识之后，面对一部文学作品，我首先确立文体意识。比如，它是小说，就应以小说的审美标准去考量，进而知道它好在哪里，存在哪些不足。我开始用"史家眼光"和"批评家的姿态"去评价一部作品，也就是将作品纳入文学史加以纵横向比较，发现其优劣，甚至评定其等级、地位。

我曾经在国企、外企和私企工作过，做的都是与文学无关的工作。幸亏我对文学的热爱一直没有减退，经过长达多年的人格分裂之后，有如分娩般阵痛，我最终返回校园。而今，文学依然是我的爱好，同时也是我的职业。我无疑是幸运的，职业和爱好同一，如同灵与肉合二为一。

## ⊙我推崇什么样的文学作品？

"诗无达诂"，"一千个人读《红楼梦》，有一千种读法"。

每个人喜欢什么样的文学作品，显然没有恒定的标准，往往与个人的文学修养、气质类型以及审美趋向相关。

在我看来，人世间所有的问题皆可归结为"情感"二字。我们生活在各种各样的情感中，诸如亲情、友情、爱情、同学情、师生情、陌生人给予的点滴真情……一个人若不再在乎任何一种情感，或者说完全没有情感了，必然如同行尸走肉。

尽管好的文学作品的标准并非单一的，但我笃定"情感至上"，能引起共鸣，是一切好作品必不可少的要素。文学作品显然与人的情感活动休戚相关，无法引起读者共鸣的文学作品，在我看来很难称得上好作品。

作为一种无功利的审美产品，好的文学作品必然会令读者产生愉悦情绪，需具有"唯美气质"。它温暖、悲悯；它表现美好的情怀，彰显人性光辉；它崇尚矢志不渝的坚守和无望的守望……它还具有"诗性质感"，融会形形色色的人生历练，诠释旷达、通脱、通透的人生境界，面对苦难与悲苦时从容、淡定，直面死亡时释然、优雅……

伟大的作家一定热爱生活，是一个用心生活的人，能够发现现实生活中无处不在的"微妙关系"——那是普罗大众习以为常甚至视而不见，却是最能描摹出人与人之间光怪陆离关系的一笔。

一个伟大的作家还应是一个虔诚的聆听者，能够精准地描摹人与人之间的"幽微情愫"，挖掘出心灵深处鲜为人知的"幽

秒"。

一个伟大的作家还是一个智慧的哲人，他参透了生命存在的偶然性，以及人生的悲剧宿命——不想失去的，往往会失去；想得到的，常常得不到。

一个伟大的作家必然忠于自我，时常在文学作品中寻找自我的影子，以及慰藉心灵的精神食粮。但是，他绝对不自私。因为参透了人世间的悲与欢，才能以悲天悯人的情怀关注芸芸众生的悲苦，进而以文学的温润、诗性情怀给予读者倾情抚慰。

这是文学家必须具备的素养、修养、学养和才情。

一个真正的文学家必然极度敏感、自尊，极度多愁善感，能够关注各种各样的细节，从而用无数个动人的细节打动无数读者。

当然，即或是伟大的作家，他依旧是普通人，绝不是英雄或救世主。在人生的悲剧宿命面前，他依旧无能为力，只能表现出无可奈何的达观、通脱，从而给予读者一定程度上的精神支撑。

## ⊙我生产的"文学"

文学作品读多了，自然就有了梦想。梦想当作家，成为一个可以写书的人。我开始喜欢写作，可以追溯到小学三年级时的第一次作文课。好像写了下雨天走在泥泞的山路上去上学，多么的不容易。被老师当范文在班上念了，回到家，上高中的大哥也夸

170

我写得好。从此，我就喜欢上了作文课。

那时候，最想写《散文》杂志上刊登的那样的文章，觉得那些人真是太有本事了，能把文章写得那么长，而且那么优美。那本杂志是我上五年级时在路边捡到的，很幸运，完好无损，而且相当新。封面素朴，右下角有一株兰草（当时并不知道），就是觉得美啊。因为有了美好的印象，对内文就更加期待了。每一篇都要读好多遍，确实比"三言"、"二拍"读起来容易得多。我先是抄上面的优美的段落、句子，后来干脆自觉背诵。上大学后，想考研究生，确定专业方向时我不假思索选择了中国当代散文。从某种意义上说，一本捡来的杂志竟然改变了我的人生方向。大学、研究生期间，我疯狂进行散文写作，发表过数十篇作品。至今，我仍然保留着读散文、写散文的习惯、爱好。散文犹如初恋，无论时光如何变幻，始终濡染着瑰丽、温馨的光环。

我上中学时正逢诗歌的黄金时代，《星星诗刊》《诗刊》等刊物很容易找到，特别迷恋分行排列的句子，优雅、唯美。许多诗我读不大明白，但就是喜欢读，一种说不出来的享受。开始偷偷写诗，应该写过好几大本，甚至还写过长篇叙事诗。因为高考的压力，还因为有自知之明，总觉得诗歌太神圣了，我怎么也够不着。因此，中学毕业之时，我果断地放弃了当诗人的梦想。至今我还是喜欢读诗，尤其是在某些无聊的时候，会找出留存在记忆中的诗篇，纵情朗读，犹如品茗般沁人心脾，慰灵安魂。诗歌犹如梦中情人，可望而不可即，可求而不可遇。

感谢我的师兄著名儿童文学作家杨鹏，他曾提醒我："写散文是需要人生历练的，我们这个年龄能把散文写好的人不多，你不妨先写写儿童文学？"

儿童文学？我以前不屑一顾，总觉得那不过是小儿科，幼稚＋无聊。

"你有童年记忆吧，你有中学生活吧？那就是你现成的写作资源，不用你绞尽脑汁、苦思冥想啊。"他说。

写自己的童年和少年经历，我倒是很有信心。我觉得我那两个时段的生活经历，比一般人要丰富得多。于是，我蠢蠢欲动。1998年暑假的某一天，我在北京师范大学13楼516房间写我的第一篇儿童小说《怎么回事？》。

那无疑是我与儿童文学真正的第一次亲密接触。

那以后，我渐行渐远的少年记忆间或撞击我长大成人的心扉，我的心中时时澎湃着不吐不快的焦虑。我总是迫不及待企图将曾经灰色的少年情绪诉诸笔端，又总是遭遇"不知如何表达"的铜墙铁壁。所幸的是，两年研究生生涯让我学会了"研究"，我开始泡在图书馆里"不务正业"（我攻读硕士学位的专业方向为中国当代散文），阅读国内外经典儿童文学作品，恶补相关的儿童文学理论知识。我突然发现我仿佛进入了另一个世界，心中膨胀着委屈、愤懑、妒忌和遗憾，因为我竟然疏离了这个原本属于我的理想王国长达26年之久。

我与儿童文学相见恨晚，毕竟今生有缘，我又倍感幸运，甚觉冥冥之中与其有三世之约。由是，行将而立的我竟然"聊发少年狂"，醉心于寻找曾经丢失的童心、童趣，醉心于追索那些"无故寻愁觅恨"的青葱岁月。突然发现，我的生活断裂成泾渭分明的两界，一半是成人世界的光怪陆离，一半是未成人世界的纯情青涩。一方面我努力适应成人世界的各种规约甚至是蝇营狗苟，另一方面我躲进未成人世界里"一晌贪欢"——是逃避或自慰，也是自省和鞭策。

硕士研究生毕业后的三四年间，我在职场中沉沉浮浮，辗转于国企、外企和私企，始终找不到自己的位置。"身在曹营心在汉"之惶惑，实乃"心为刑役"，苦不堪言。幸运的是，坚持阅读儿童文学作品和创作儿童小说，让我沐浴了不可或缺的生命之光。

2003年春天，我参加了北京师范大学文学院博士生入学考试，并有幸进入北京师范大学儿童文学研究中心接受正规的儿童文学教育。自此，半路出家的我，开始以一名"儿童文学博士生"的身份正式"研究"儿童文学。回顾我的儿童岁月，始终如鲠在喉。在那最需要呵护和引导的季节里，我精神上的成长导师却一直没有出现。我不得不歪歪扭扭、误打乱撞长大成人，其间的艰辛、悲苦可想而知。因此，我自然而然就将研究和创作的重心聚焦于"成长"，寄希望于能为儿童文学的"成长书写"带来一缕阳光。

而今，我在北京师范大学文学院儿童文学研究中心讲授"儿童文学"课程。不经意间，我与儿童文学的约会竟然已逾十年。

十年一瞬，我的青春岁月已绝尘而去。可是，在儿童文学研究和创作领域，我仍旧是一只"菜鸟"。翻检旧作，小有所获：发表了近百篇儿童小说，并结集出版了长篇少年小说单行本十多部。少年小说犹如可以牵手白头的知心爱人。

1998年，我与儿童文学邂逅，相见恨晚；2003年，我正式与儿童文学携手。从此，漫步复乐园；2006年至今，儿童文学既是我的爱好，也是我的职业。我与儿童文学虽然仅有半生缘，幸运的是，它与我如影随形，会陪伴我慢慢变老……

窃以为，儿童文学简单而不简陋，单纯而不幼稚，快乐而不失厚重，唯美而不虚饰，阳光而不避苦难。它是小儿科，但不可或缺。它是树人之本，是儿童与成人无限沟通的桥梁。没有谁能真正破译儿童心灵的密码，但无限接近儿童世界，应是每一个儿童文学作家的卓越追求！

# 黑五月之后的自白

对于我来说，写出了每一个故事的开头，故事的发展和结束自然
就水到渠成，似不必煞费苦心。然而，故事如何开始，匹配何种笔

调，确非易事。每一个故事的编织，无疑都是一次充满艰辛和憧憬的远足。不管是开始还是结束，无论是满意还是不满意，行走在路上始终能看见迷人的风景，始终能够欣喜抑或自我陶醉。按照我的长篇写作惯性，故事的结束并不意味着了结，写完那个程序化的"自序"，才意味着真正的诀别。

因为留恋，因为不舍，因为意犹未尽，还因为"还可以更好"的遗憾，每一个"自序"我都难以落笔，写起来自然疙疙瘩瘩。或不想说，或不能说，或说不清，不知云何的焦虑便自动生成。钦佩某些作家，居然可以把一个即将完成的作品搁置多年，从不问津。对我来说，那无异于没有兑现承诺，无异于不负责任地爽约，甚至是始乱终弃。阅读单行本，偏好先读作者的"自序"或"后记"，企图从简短的文字里窥透作家写作的心迹——那是最直接最真实的对话。遗憾的是，许多作家可以洋洋洒洒数十万言，却时常遗忘了"自"序或"后"记。在我看来，此种情形与西装革履却蓬头跣足无异。

进入五月，我就不再属于自己了。铺天盖地的论文评审、答辩，不得不做的讲座，按部就班的授课，还有无法推托的人情世故……只能披星戴月，只能夜以继日，只能疲惫不堪，只能别无选择。没有时间在QQ签名上吐槽，其实最想更新的"说说"是，"只叹木有三头六臂"。原本可以早一点儿暂时告别长时间写作的极乐和深哀，早一点儿复归不悲不喜的常态，早一点儿找回一贯的平淡与从容。2013年5月29日上午，参加完本学年最后一场硕士论文答辩，走出办公大楼的我酣畅淋漓地打着哈欠，"黑色五月"的沉重掷地有声。

告别了来自香港的Dennis一家，深夜驱车回家的路上，我奖励自己说：明天尽情睡懒觉，至少要睡到中午。睡梦里竟一再返回答辩现场，半梦半醒之间仍腰酸背疼，难受不已。

回笼觉后自然醒来，不过是八点零三分。拉开窗帘，透亮的阳光倾盆而下。这是雨后的五月末的北京上午，一个可以完全属于我自己的一天。我端坐在书桌前，久违的写作激情轰轰隆隆……

梧桐街上的梅子的故事早已走进一个个读者，许愿树巷的叶子的故事渐渐被更多的读者喜欢。这个有关银杏路上的白果的故事即将呈现给读者。梅子、叶子和白果，三个年龄相近的女孩，三个既相似又迥异的"另类青春体验"故事，承载着我不变的审美情感——爱与宽容。我的功利与野心瞬间膨胀到极致，或许，《梧桐街上的梅子》、《许愿树巷的叶子》和即将面市的《银杏路上的白果》，可以命名为我的首个"另类青春体验三部曲"。

写完梅子的故事，我觉得还可以写得更好。于是，我接着写叶子的故事。叶子的故事落幕，我还是觉得"还可以更好"。于是，就有了这个关于白果的故事。白果的故事结束了，我以为我可以恬然自安。然而，我还是觉得"还可以更好"，欲在这个"自序"里做一些力所能及的补救工作。思忖再三，终于明白，苦心孤诣的我，断然不能把一个已然程式化的"自序"写得登峰造极。没有天生丽质，索性素面朝天。豁然开朗，我不再踌躇，一切回归常态，按程序运行。

　　白果的故事是我偶然撞见的，是来自某电视情感类访谈节目还是别的渠道，我不记得了。那应该是在十多年前，但我一直没有忘记"白果"。一个人，一种命。每本书，命运自然各个不同。不知是哪一位悲悯的责任编辑，会帮助我的"白果"与冥冥中的知音读者相逢。

　　我等待，我期待，我感激。

　　最后，感谢甘君的陪伴，每一个平淡的日子不再暗淡。我愿意把这部作品当作礼物赠予甘君，望甘君笑纳。

2013年5月30日一稿于北苑家园寓所

2013年7月30日二稿于北苑家园寓所

2013年10月12日三稿于北苑家园寓所